JULIA QUINN

OS BRIDGERTONS,
UM AMOR DE FAMÍLIA

GUIA OFICIAL DE
LADY WHISTLEDOWN

ARQUEIRO

Título original: *The Wit and Wisdom of Bridgerton*

Copyright © 2021 por Julie Cotler Pottinger
Copyright da tradução © 2022 por Editora Arqueiro Ltda.

Todos os direitos reservados. Nenhuma parte deste livro pode ser utilizada ou
reproduzida sob quaisquer meios existentes sem autorização por escrito dos editores.

tradução: Ana Resende, Ana Rodrigues, Cássia Zanon,
Claudia Costa Guimarães e Viviane Diniz

preparo de originais: Gabriel Machado, Sheila Louzada e Taís Monteiro

organização do volume e produção editorial: Ana Sarah Maciel

revisão: Jean Marcel Montassier e Juliana Souza

projeto gráfico: Bonni Leon-Berman

diagramação: Ana Paula Daudt Brandão

capa: Alan Dingman

imagem de capa: © Lee Avison/Trevillion Images

adaptação de capa: Natali Nabekura

impressão e acabamento: Lis Gráfica e Editora Ltda.

CIP-BRASIL. CATALOGAÇÃO NA PUBLICAÇÃO
SINDICATO NACIONAL DOS EDITORES DE LIVROS, RJ

Q64b

Quinn, Julia
Os Bridgertons, um amor de família : guia oficial de Lady Whistledown
/ Julia Quinn ; [tradução Ana Resende ... [et al.]]. - 1. ed. - São Paulo :
Arqueiro, 2022.
224 p. : il. ; 23 cm.

Tradução de: The wit and wisdom of Bridgerton
ISBN 978-65-5565-247-5

1. Ficção americana. I. Resende, Ana. II. Título.

21-74035

CDD: 813
CDU: 82-3(73)

Camila Donis Hartmann - Bibliotecária - CRB-7/6472

Todos os direitos reservados, no Brasil, por
Editora Arqueiro Ltda.
Rua Funchal, 538 – conjuntos 52 e 54 – Vila Olímpia
04551-060 – São Paulo – SP
Tel.: (11) 3868-4492 – Fax: (11) 3862-5818
E-mail: atendimento@editoraarqueiro.com.br
www.editoraarqueiro.com.br

SUMÁRIO

INTRODUÇÃO		7
1	Anthony	11
2	Kate	29
3	Benedict	47
4	Colin	61
5	Penelope	81
6	Daphne	97
7	Simon	113
8	Eloise	129
9	Francesca	145
10	Gregory	161
11	Hyacinth	175
12	Violet	191
13	Lady Danbury	209

INTRODUÇÃO

Queridos leitores,

Eu venho de uma família grande. Três irmãs, um irmão, vários cunhados e cunhadas, sobrinhas e sobrinhos... e uma verdadeira frota de primos (tenho muito orgulho em dizer que uma das pessoas que mais amo no mundo é um primo de *terceiro* grau). Eventos de família às vezes me deixam exausta — ninguém nunca acredita quando digo que sou a quietinha da família —, mas são sempre divertidos. Somos bobos, somos ácidos e interrompemos uns aos outros com muito mais frequência do que a educação manda.

Nunca é entediante.

E nos amamos. Intensamente.

Acredito que essa profundidade de apoio incondicional seja algo que todos desejamos. E, embora contemos com o infalível "felizes para sempre" de todo casal principal dos livros desta série, acredito que quem me lê anseia também pela rede de apoio que cerca uma família como os Bridgertons. Gosto de pensar que, se fossem uma família contemporânea, os Bridgertons teriam um grupo de mensagens tão ativo que todos (especialmente Francesca) teriam que silenciar as notificações. Violet, é claro, reinaria suprema com oito calendários do Google Agenda identificados por cores.

Espero que em cada um dos personagens haja alguma característica com que os leitores e leitoras se identifiquem. Por trás da narrativa alegre e despreocupada residem problemas e conflitos reais, batalhas que, embora se passem no mundo glamouroso do período regencial britânico, ainda são relevantes e familiares a nós hoje. Anthony sente o peso de se ver subitamente responsável pela família. Violet e Francesca precisam aprender a continuar vivendo depois da perda. Outros personagens andam às voltas com questões de identidade, como: quem somos nós fora do papel que nos coube na nossa família? Por que esconder uma parte de si daqueles que lhe são mais próximos? Todos já tivemos momentos em que tudo que queríamos era dar sentido ao mundo que nos cercava, descobrir quem éramos e quem queríamos ser.

Os Bridgertons não são diferentes, apesar de todo o privilégio de que desfrutam. E é por isso que os amamos.

Muitos me perguntam se os atores da série de streaming *Bridgerton* correspondem à ideia que eu fazia deles na minha cabeça enquanto escrevia. A resposta é não, mas só porque não sou uma escritora muito visual. Raramente tenho uma noção nítida da aparência dos meus personagens (não costumo ter nem uma vaga noção, para ser sincera... não é à toa que trabalho com palavras e não com imagens). Mas quando voltei aos livros — desde *O duque e eu* até *A caminho do altar* — para reunir citações para este livro, aconteceu algo interessante: eu finalmente "vi" meus personagens. Não importava que eu tivesse descrito Simon com olhos azuis. Na minha cabeça, ele era Regé-Jean Page. Quando Daphne sorria, eu via o rosto de Phoebe Dynevor. Ouvia Adjoa Andoh nas palavras de lady Danbury, e foi a mão de Claudia Jessie que vi escrevendo as cartas de Eloise para sua família. A série acrescentou uma camada de riqueza aos livros, assim como espero que os livros expandam a experiência de assistir à série. As duas coisas são complementares, no melhor sentido da palavra.

Mas esta compilação se concentra nos livros, e é por isso que você não vai encontrar nestas páginas algumas das suas cenas preferidas da série. Tentei reunir as minhas citações favoritas dos romances Bridgerton, ou pelo menos as que melhor representam e ilustram cada personagem. Não foi fácil. Havia muitos trechos que simplesmente não funcionavam fora de contexto, enquanto outros exigiram uma leve edição para ficarem mais claros. Em alguns pontos, troquei um pronome por um nome próprio. Em outros, cortei uma frase desnecessária. Todos ganharam uma menção totalmente nova nas *Crônicas da sociedade de lady Whistledown*, o que foi pura diversão para mim — já fazia bem mais que uma década que eu não escrevia com a pena dela.

Um Bridgerton. Ser um deles é saber que se faz parte de uma família profundamente unida por uma lealdade inabalável e um amor inquestionável. E por risadas.

Sempre muitas risadas.

Com carinho,
Julia Quinn

1

ANTHONY

stá sendo uma semana tediosa em Londres, portanto vamos falar sobre um dos momentos mais animados dos últimos anos, sobre um cavalheiro hoje tão tranquilo e, nos arriscamos a dizer, tão *tediosamente* casado que esta autora não tem encontrado motivo para incluí-lo nesta publicação.

A verdade é que o visconde Bridgerton praticamente deixou de ser um assunto interessante para notícias (circunstância que ele provavelmente aprecia). O cavalheiro em questão dança com a esposa com tanta frequência que já nem é mais escandaloso. Também dança com a mãe, com as irmãs e com a cunhada, e presumimos que um dia dançará com a filha.

Absolutamente tedioso para um ex-libertino sobre o qual já foi um imenso prazer escrever.

Mas se esta autora tivesse que comentar um momento de que os membros mais novos da aristocracia talvez não tenham conhecimento, e que os mais velhos podem já ter esquecido, seria a vez em que ele fez *aquilo*. *Naquela noite*.

Aconteceu em Aubrey Hall, a propriedade de campo da família Bridgerton, e com certeza teria sido o assunto da temporada se no dia seguinte o visconde não tivesse se visto surpreendentemente comprometido com o casamento, em meio a circunstâncias não reveladas e com uma dama que ele não estava cortejando.

Naturalmente, na ocasião esta autora optou por escrever sobre essa chocante mudança no rumo dos acontecimentos. Como resultado, *aquilo* que ele fez *naquela noite* acabou não sendo noticiado.

Mas *aquilo* de fato aconteceu, querido leitor. E *aquela noite* foi gloriosa.

· ·

Foi uma reunião festiva no campo organizada pela mãe do visconde, a estimada lady Bridgerton, para a qual foi convidada uma verdadeira multidão de damas solteiras e na qual lorde Bridgerton, como anfitrião, deveria acompanhar uma ou outra duquesa até o salão de jantar.

Eis que lorde Bridgerton ouve uma das moças tecer um comentário cruel sobre outra. Quem era a Moça Insultada não é relevante para esta história, e a Moça Cruel não vale sequer ser mencionada. Este relato é sobre Anthony Bridgerton, sobre como ele se tornou um herói para as jovens que se viam esquecidas em cantos de salões por toda parte.

Do alto de seu grande porte, lorde Bridgerton praticamente projetou uma sombra sobre a Moça Cruel, lançou-lhe um olhar (Ai. Meu. Deus!) de puro desprezo (Sim!) e declarou que acompanharia a Moça Insultada até o salão.

Não, caro leitor, esta autora não está exagerando.

A Moça Cruel teria reagido dizendo algo como: "Mas o senhor não pode fazer isso!"

Ao que lorde Bridgerton respondeu nas linhas de "Eu estava falando com a senhorita?". Em seguida, dedicou toda a sua atenção à Moça Insultada, acompanhando-a até o salão de jantar na frente de todos, com perfeita graça e deferência, como se ela fosse uma verdadeira princesa.

Foi um momento, caro leitor, espetacular.

 CRÔNICAS DA SOCIEDADE DE LADY WHISTLEDOWN, 1821

· ·

É CLARO que a questão dos libertinos já foi assunto discutido antes nesta coluna, e a autora chegou à conclusão de que há libertinos e Libertinos.

Anthony Bridgerton é um Libertino.

Um libertino com l minúsculo é jovem e imaturo. Ele se gaba das próprias proezas, comporta-se feito um idiota e se considera um perigo para as mulheres.

Um Libertino com l maiúsculo sabe que é um perigo para as mulheres.

Não se gaba das próprias proezas, pois não precisa. Sabe que homens e mulheres cochicharão a seu respeito e, na verdade, preferiria que não fizessem isso. Ele sabe quem é e o que fez. Relatos detalhados são, em sua opinião, redundantes.

Não se comporta como um idiota pela simples razão de não ser um (não mais do que se espera de um membro do sexo masculino). Tem pouca paciência para as fraquezas da sociedade e, para ser sincera, na maior parte das vezes esta autora não pode culpá-lo.

E, se isso não descreve à perfeição o visconde Bridgerton, sem dúvida o solteiro mais cobiçado da temporada, esta autora aposentará a pena imediatamente.

**CRÔNICAS DA SOCIEDADE DE LADY WHISTLEDOWN,
20 DE ABRIL DE 1814**

O VISCONDE QUE ME AMAVA

Ele era o primogênito de um Bridgerton que fora o primogênito de um Bridgerton que fora o primogênito de um Bridgerton, remontando a oito gerações. Tinha a responsabilidade dinástica de crescer e se multiplicar.

Algo lhe acontecera na noite da morte de Edmund, quando permanecera no quarto dos pais com o corpo, apenas sentado lá horas a fio, observando-o e tentando com toda a força recordar cada momento que eles haviam passado juntos. Seria tão fácil esquecer as pequenas coisas – como Edmund apertava seu braço sempre que ele precisava ser encorajado, por exemplo. Ou como ele sabia recitar inteira, de cor, "Sigh No More", de Balthazar, música da peça *Muito barulho por nada*, de Shakespeare, não porque a considerasse particularmente significativa, mas apenas porque gostava dela.

Quando Anthony enfim saíra do quarto, os primeiros raios da aurora conferiam uma coloração cor-de-rosa ao céu e ele, por alguma razão, sabia que seus dias estavam contados do mesmo modo que os de Edmund estiveram.

Sabia muito bem como era amar alguém da família e ainda assim não conseguir compartilhar os medos mais profundos. Isso lhe causava uma sensação de isolamento, de estar sozinho em uma multidão barulhenta e amada.

Não era tolo: sabia que o amor existia, mas também acreditava no poder da mente e, talvez ainda mais importante, no da força de vontade. Sinceramente, não via razão para crer que o amor deveria ser algo involuntário.

Se não quisesse se apaixonar, então, diabos, não ia se apaixonar. Simples assim. *Tinha* que ser simples assim. Ou ele não seria um homem de verdade, não é?

Mas a verdade era que ninguém era culpado, nem mesmo ele. Sentiria-se muito melhor se pudesse acusar alguém — qualquer um. Era uma necessidade infantil, mas todos tinham o direito de ser infantis de vez em quando, não é?

— Às vezes, existem razões para os nossos medos que nós não conseguimos explicar. Pode ser só uma sensação, algo que sabemos que é verdade, mas que pareceria infantil a outra pessoa.

Era irônico, mas a morte era a única coisa de que Anthony não tinha medo. A morte não era assustadora para um homem

Um homem charmoso é muito agradável e um homem de boa aparência é, sem dúvida, uma visão que vale a pena, mas um homem honrado, ah, querido leitor, é para ele que as jovens deveriam correr.

CRÔNICAS DA SOCIEDADE DE LADY WHISTLEDOWN, 2 DE MAIO DE 1814

Era engraçado, refletiu mais tarde, como a vida de alguém podia mudar num único instante, como tudo podia ser de um jeito num minuto e, no seguinte, simplesmente se transformar em algo... diferente.

O VISCONDE QUE ME AMAVA

solitário. O outro lado da vida não tinha o poder de despertar nenhum temor em alguém que não tivesse ligações na Terra.

Anthony percebeu a preocupação crescente da Srta. Sheffield diante do brilho diabólico nos olhos de Colin. Ele sentia um prazer muito cruel com tudo aquilo. Sua reação era, ele sabia, um tanto desproporcional. Mas algo na Srta. Katharine Sheffield mexia com ele e o tornava *irritante* para confrontá-la.

E vencer. Isso não era nem necessário dizer.

— Ora, com mil demônios! — praguejou Anthony, esquecendo-se por completo de que estava na companhia da mulher com quem planejava se casar. — Ela pegou o taco da morte.

Ela o queria. Anthony conhecia o suficiente das mulheres para ter certeza disso. E, quando a noite tivesse acabado, não conseguiria viver sem ele.

Que *ele* não fosse capaz de viver sem *ela* era algo que se recusava a considerar.

— Posso lhe dar um conselho? — falou Colin, mastigando a noz.
— Não — retrucou Anthony. Ergueu os olhos e viu Colin mastigando de boca aberta. Como esse era um hábito estritamente proibido na casa dos Bridgertons, Anthony imaginou que o ir-

mão só estava fazendo isso para produzir mais barulho. — Feche sua maldita boca — resmungou ele.

Colin engoliu, estalou os lábios e tomou um gole de chá.

— O que quer que tenha feito, peça desculpas. Eu conheço você, e estou começando a conhecer Kate, e sabendo o que sei...

— De que diabo você está falando? — resmungou Anthony.

— Creio — disse Benedict, recostando-se à cadeira — que ele está dizendo que você é um imbecil.

O DUQUE E EU

— Eu estava preparado para matá-lo por desonrá-la. Se você a magoar, garanto que nunca terá paz em toda a sua vida. Que — acrescentou, com o olhar um pouco mais severo — não seria muito longa.

> *— Só me recuso a lidar com idiotas... Isso cortou minhas obrigações sociais pela metade.*
>
> A CAMINHO DO ALTAR

O VISCONDE QUE ME AMAVA

— Você é muito mais carinhoso do que gostaria que as pessoas acreditassem — disse Kate.

Como ele não era capaz de vencer uma discussão com ela — e não fazia sentido contradizer uma mulher quando ela o estava elogiando —, pôs um dedo em seus lábios e disse:

— Shhh. Não conte isso a ninguém.

— Ouça com muita atenção — disse ele, com a voz firme e intensa —, porque só vou falar uma vez. Eu a desejo. Meu corpo arde por você. Não consigo dormir à noite pensando em você. Mesmo quando não *gostava* de você, eu a desejava. É a coisa mais enlouquecedora, encantadora e abominável, mas é isso. E se eu ouvir mais uma bobagem da sua boca, vou amarrá-la a esta maldita cama e me satisfazer com você de mil maneiras diferentes, até enfim entrar na sua cabecinha idiota que você é a mulher mais linda e desejável da Inglaterra, e se nem todos veem isso, então são um bando de malditos tolos.

— O amor não tem nada a ver com o medo de que tudo acabe, mas com encontrar alguém que o complete, que faça de você um ser humano melhor do que jamais sonhou ser. É olhar nos olhos de sua esposa e ter a certeza de que ela é a melhor pessoa que você já conheceu.

UM BEIJO INESQUECÍVEL

— Minha irmã, Hyacinth — continuou o visconde, caminhando até a janela —, é um tesouro. Você deve se lembrar disso. Se dá valor à própria pele, você a tratará como merece.

Gareth conteve a língua. Não lhe pareceu ser o momento correto de falar.

— Apesar de ser um tesouro — prosseguiu Anthony, virando-se com os passos lentos e estudados de um homem bastante familiarizado com o próprio poder —, Hyacinth não é fácil. Serei o primeiro a admitir. Não existem muitos homens capazes de se equiparar a ela em termos de rapidez de raciocínio. Caso se veja presa a um casamento com alguém que não aprecie... a sua personalidade única, ela será imensamente infeliz.

Gareth permaneceu mudo. No entanto, não desviou os olhos do rosto do visconde. Anthony também o encarava.

— Eu lhe darei permissão para se casar com ela. Mas você deve pensar seriamente, por um bom tempo, antes de pedir sua mão.

— Como assim? — perguntou Gareth, desconfiado, pondo-se de pé.

— Não mencionarei esta conversa a ela. Fica a seu critério dar o passo final. Se não o fizer... — O visconde deu de ombros. — Nesse caso, ela nunca chegará a saber — concluiu, com uma calma quase inquietante.

Quantos homens o visconde teria espantado dessa maneira?, perguntou-se Gareth. Meu Deus, seria essa a causa da longa solteirice de Hyacinth? Devia se sentir grato por isso, pois ela ficara livre para se casar com ele, mas será que se dava conta de que o irmão mais velho era louco?

— Se não fizer a minha irmã feliz — continuou Anthony, com um olhar intenso que confirmava sua insanidade —, *você* não será feliz. Eu mesmo me certificarei disso.

PARA SIR PHILLIP, COM AMOR

— Você é uma Bridgerton. Não me importa com quem vá se casar ou qual será seu nome depois que disser seus votos diante de um padre. Você sempre será uma Bridgerton, e nós nos comportamos com honra e honestidade, não porque esperam isso de nós, mas porque *é assim que somos*.

ANTHONY, DE ACORDO COM SUA FAMÍLIA...

– Deus sabe que agradeço todos os dias por não ter nascido no lugar de Anthony... O título, a família, a fortuna... É muita coisa nos ombros de um único homem.

COLIN, *O visconde que me amava*

Os braços de Anthony estavam cruzados, o que jamais era um bom sinal. Anthony era o visconde de Bridgerton havia mais de vinte anos. E, apesar de ser um ótimo irmão, ele também poderia ter sido um senhor feudal perfeito.

A caminho do altar

– Se Anthony não é um libertino, tenho pena da mulher que encontrar um homem que seja.

SIMON, *O duque e eu*

– Ninguém sorri afetado como meu irmão mais velho.

DAPHNE, *O visconde que me amava*

*C*asamentos são um assunto recorrente nesta publicação, mas presentes de casamento, não – pelo menos até agora. Parece que lady Bridgerton (a atual, não a viúva) deu um curiosíssimo presente de casamento à sobrinha, por ocasião de seu matrimônio. A sobrinha em questão é lady Alexandra Rokesby, que teve uma temporada social pouco movimentada porém bem-sucedida no ano passado, sob o olhar experiente da outra lady Bridgerton (a viúva, não a atual). Lady Alexandra, segundo se sabe, também passou várias tardes idílicas com seus primos Bridgertons em Aubrey Hall, em Kent.

Vale a pena ressaltar que, quando se reúnem no campo, os Bridgertons gostam de jogar *pall mall*.

Há nuances nesta história que talvez apenas um Bridgerton consiga entender, mas *pall mall* é algo que eles parecem levar muito a sério. Esta autora pode afirmar de fonte segura que não há jogadora mais competitiva do que a própria lady Bridgerton (a atual, não a viúva).

É aqui que a história fica estranha. Durante uma das partidas desses jogos, Kate (que é como lady Bridgerton é chamada na família) presenteou Alexandra com um taco preto. O significado desse gesto está além da capacidade de compreensão desta autora, mas deve ter sido bastante importante, já que o momento da entrega do presente foi recebido com arquejos de espanto. E certamente não pode ser coincidência que lorde Bridgerton tenha sido visto no fim daquela tarde enfiado até os joelhos no lago.

E o presente de casamento? Não foi o taco, que, pelo que se soube, foi apenas um gesto cerimonial. Lady Bridgerton encomendou, de um mestre artesão em Milão, um elegante conjunto para jogar *pall mall* – que continha um taco preto com letras gravadas em ouro. *Ouro*, caro leitor!

O que teria sido gravado com tamanha extravagância no taco? Só lady Bridgerton sabe...

 CRÔNICAS DA SOCIEDADE DE LADY WHISTLEDOWN, 1821

O VISCONDE QUE ME AMAVA

Kate sempre parava bastante ereta, mas não conseguia sentar-se imóvel nem que sua vida dependesse disso e andava como se estivesse participando de uma corrida. *E por que não?*, era o que sempre se perguntava. Se estamos indo a algum lugar, qual seria o propósito de não chegar lá rápido?

— Sou a irmã mais velha. Sempre tive de ser forte por mim e por ela, enquanto Edwina precisava ser forte apenas por si mesma.

Kate percebeu o humor nos olhos de Colin e se deu conta de que ele estivera brincando o tempo todo. Não se tratava de um homem que não gostava dos irmãos.

— O senhor é bastante dedicado à família, não é? – indagou ela.

Os olhos dele, divertidos durante toda a conversa, tornaram-se bastante severos.

— Completamente.

— Eu também – falou Kate, decidida.

O visconde Bridgerton também foi visto dançando com a Srta. Katharine Sheffield, a irmã mais velha da loura Edwina. Isso só pode significar uma coisa, pois não escapou à atenção desta autora que a Srta. Katharine tem sido muito requisitada no salão de dança desde que a Srta. Edwina fez o estranho e inédito anúncio no recital das Smythe-Smiths, na semana passada.

Quem já ouviu falar de uma garota que precise da permissão da irmã para escolher um marido?

CRÔNICAS DA SOCIEDADE
DE LADY WHISTLEDOWN,
22 DE ABRIL DE 1814

O ATO foi consumado! A Srta. Sheffield agora é Katharine, viscondessa de Bridgerton.

Esta autora deseja os melhores votos ao feliz casal. Pessoas sensatas e honradas decerto andam escassas na alta sociedade e com certeza é gratificante ver duas pessoas assim unirem-se em matrimônio.

CRÔNICAS DA SOCIEDADE
DE LADY WHISTLEDOWN,
16 DE MAIO DE 1814

— E o que isso significa?

— Significa — respondeu ela, sabendo que deveria refrear a própria língua, mas continuando a falar — que não permitirei que ninguém parta o coração de minha irmã.

Era inconcebível para Anthony que Kate Sheffield, com toda a sua espirituosidade e inteligência, *não* sentisse inveja da irmã. E, mesmo que não houvesse nada que ela pudesse ter feito para evitar aquele contratempo, decerto apreciava o fato de estar seca e confortável enquanto Edwina parecia um rato afogado. Um rato atraente, sem dúvida, mas afogado.

Mas, pelo visto, Kate não dera a conversa por encerrada:

— É evidente que eu nunca faria nada para machucar Edwina. Além disso, como o senhor supõe que eu operaria essa proeza? — Ela espalmou a mão livre no rosto, fingindo surpresa. — Ah, claro, eu conheço a linguagem secreta dos corgis. Ordenei a Newton que puxasse a guia da minha mão e então, como tenho a capacidade de prever o futuro e sabia que Edwina estaria parada bem aqui, à margem do lago, disse a ele, graças à nossa poderosa conexão mental, já que Newton estava muito longe para ouvir minha voz, que mudasse de direção, corresse para Edwina e a derrubasse dentro d'água.

— Ironia não lhe cai bem, Srta. Sheffield.

— *Nada* lhe cai bem, lorde Bridgerton.

Como ninguém jamais lhe levara flores, ela não soubera, até aquele momento, como desejava que alguém o fizesse.

De repente se tornou muito difícil ficar na presença dele, e era doloroso demais saber que ele pertenceria a outra pessoa.

— Por que eu tenho a sensação de estar me intrometendo numa briga de família? — sussurrou Edwina no ouvido da irmã.

— Creio que os Bridgertons levam esse jogo muito a sério — murmurou Kate em resposta.

Os três Bridgertons assumiram feições muito agressivas e todos pareciam bastante decididos a ganhar.

— Não, não, não! — ralhou Colin, balançando um dedo para elas. — Não é permitido conspirar.

— Nem saberíamos por onde começar a conspirar — retrucou Kate —, já que ninguém pareceu achar adequado nos explicar as regras do jogo.

— Basta nos seguir — falou Daphne bruscamente. — Vocês vão entender quando começar.

— Acho que o objetivo é afundar a bola dos adversários no lago — sussurrou Kate para Edwina.

— É mesmo?

— Não. Mas acho que é isso que os Bridgertons fazem.

Chegou à atenção desta autora que a Srta. Katharine Sheffield aborreceu-se ao chamarem seu amado cão de estimação de "cachorro sem nome de raça indeterminada".

Sem dúvida, esta autora está muito envergonhada por esse erro grave e egrégio, e implora ao querido leitor que aceite este abjeto pedido de desculpas e preste atenção na primeira correção na história desta coluna.

O cão da Srta. Katharine Sheffield é um corgi. Chama-se Newton, embora seja difícil imaginar que o maior inventor e físico da Inglaterra apreciaria ser imortalizado sob a forma de um cão baixo e gordo, de péssimas maneiras.

CRÔNICAS DA SOCIEDADE DE LADY WHISTLEDOWN, 27 DE ABRIL DE 1814

Kate não acreditava nem por um segundo que ex-libertinos dessem bons maridos. Nem tinha certeza de que poderia existir um ex-libertino, para começo de conversa.

O VISCONDE QUE ME AMAVA

Anthony olhou para o local do gramado em que as bolas de madeira estavam – a dela, preta, e a dele, cor-de-rosa... –, pôs o pé sobre a bola cor-de-rosa, recuou o taco...

– O que o senhor está fazendo? – perguntou Kate com a voz aguda.

... e bateu. A bola cor-de-rosa permaneceu bem firme sob a bota dele, enquanto a preta saiu voando morro abaixo pelo que pareceram quilômetros.

– Seu demônio – resmungou ela.

– No amor e na guerra, vale tudo – observou ele, com ironia.

– Eu vou *matá-lo*.

– Você pode tentar – provocou. – Mas vai precisar me alcançar primeiro.

Kate encarou o taco da morte e, então, fixou os olhos no pé de Anthony.

– Nem pense nisso – advertiu ele.

– É muito, muito tentador – retrucou ela.

Ele se curvou e disse em tom de ameaça:

– Nós temos testemunhas.

– E é só isso que vai lhe poupar a vida agora.

– A senhorita não quer fazer isso, Srta. Sheffield – advertiu ele.

— Ah — retrucou ela de forma bastante dramática. — Eu *quero*. Quero muito.

Então, com seu sorriso mais maligno, Kate afastou o taco e bateu, com toda a força, na própria bola, que por sua vez atingiu a dele com um impulso impressionante, lançando-a para mais longe ainda.

Mais longe...

Mais longe...

Até alcançar o lago.

Prestes a pular de felicidade, Kate observou a bola cor-de-rosa afundar na água. Uma emoção estranha e primitiva a invadiu e, antes que percebesse o que estava fazendo, começou a saltar feito louca e gritar:

— Isso! Isso! Venci!

— Não venceu, não — retrucou Anthony.

— Ora, é como se tivesse vencido — comemorou ela.

— Você sente falta da mãe que mal conheceu? — murmurou ele.

Kate refletiu sobre a pergunta por algum tempo. A voz dele tinha uma urgência que dizia que havia algo muito importante na resposta que ela lhe daria. Por quê, ela não podia imaginar, mas ficara claro que alguma coisa em sua infância tocara o coração de Anthony.

— Sinto — falou, enfim —, mas não do modo que você imagina. Não é possível realmente sentir falta dela, porque não a

— *Precisamos viver cada momento como se fosse o último, como se fôssemos imortais* — afirmou ela.

O visconde que me amava

Não há nada como uma pitada de competição para despertar o pior num homem — ou o melhor numa mulher.

CRÔNICAS DA SOCIEDADE
DE LADY WHISTLEDOWN,
4 DE MAIO DE 1814

conheci de fato, mas ainda há um buraco em minha vida, um grande vazio, e eu sei quem deveria preenchê-lo. Mas, como não me lembro dela, não sei como ela era, também não sei *como* ela teria preenchido essa lacuna. – Kate deu um sorriso triste. – Será que faz algum sentido?

Quando Anthony a beijara, teve a sensação de que estava perdendo o juízo. E quando ele a beijou mais uma vez, ela nem mesmo tinha certeza se queria o juízo de volta!

Kate observou os olhos escuros dele à luz bruxuleante da vela e prendeu a respiração ao ver neles um lampejo de dor uma fração de segundo antes de ele desviar os olhos. E ela soube – com cada fibra de seu ser – que ele não se referira a coisas imateriais, mas a seus próprios medos, algo muito específico que o assombrava a cada minuto de todos os dias.

Algo sobre o qual ela sabia não ter o direito de perguntar. Mas ela desejava – ah, como desejava – que, quando ele estivesse pronto para enfrentar os próprios temores, pudesse ajudá-lo.

Seria possível apaixonar-se pela mesma pessoa sempre, todos os dias?

A CAMINHO DO ALTAR

Gregory se virou para Kate.

— Você não tem argumentos para isso?

— Ah, eu tenho muitos argumentos — respondeu ela, esticando o pescoço para examinar o salão de baile em busca de eventuais catástrofes de última hora. — Sempre tenho argumentos.

— É verdade — disse Anthony. — Mas ela sabe quando não pode vencer.

Kate se virou para Gregory ao falar, mas o que disse era claramente dirigido ao marido:

— O que eu *sei* é como escolher minhas batalhas.

— Não dê atenção a ela — aconselhou Anthony. — Essa é só a maneira dela de admitir a derrota.

— E ainda assim ele continua — disse Kate para ninguém em particular —, mesmo sabendo que eu sempre venço no final.

KATE, DE ACORDO COM SUA FAMÍLIA...

... você tem mesmo o direito, cara Kate. Os homens são tão fáceis de levar... Não consigo imaginar um dia perder uma discussão para um deles.

– DE ELOISE BRIDGERTON PARA SUA CUNHADA, A VISCONDESSA DE BRIDGERTON, QUANDO RECUSOU O QUINTO PEDIDO DE CASAMENTO

Para sir Phillip, com amor

– Quando se aceita ser a mãe de uma criança que não nasceu de você, a responsabilidade é duas vezes maior. Você deve trabalhar ainda mais duro para garantir a felicidade e o bem-estar dela.

MARY, *O visconde que me amava*

– *Você* ficou tentado pela empregada da taberna?

– É claro que não! Kate cortaria minha garganta.

– Não estou falando sobre o que Kate faria se descobrisse que você pulou a cerca, embora eu acredite que ela não fosse começar por sua garganta...

Para sir Phillip, com amor

– Eu sabia que era digna do taco da morte!

COLIN, *O visconde que me amava*

3

BENEDICT

Benedict Bridgerton, o segundo filho mais velho da prole Bridgerton, é um artista bastante talentoso. Esta autora já sabia que o Sr. Bridgerton se interessa por desenhar com carvão, algo que ele mencionou de passagem no baile da Casa Hastings no ano passado. Foi, como sempre, discreto nessa revelação – o segundo irmão Bridgerton não é conhecido por gostar de atrair atenção para si.

Mas pintura? Veja bem, não se trata das aquarelas insípidas que as damas da aristocracia aprendem obrigatoriamente a pintar, mas de exuberantes paisagens a óleo. E, muito embora esta autora não tenha visto tais telas, circula um rumor de que o talento do cavalheiro seria merecedor de conquistar um espaço na National Gallery.

O Sr. Bridgerton, que se casou há pouco mais de um ano com a então Srta. Sophia Beckett, parente distante do conde de Penwood, é presença pouco frequente em Londres durante a temporada social. Diz-se que o casal prefere o campo e reside em um chalé pequeno porém encantador nos arredores de Rosemeade. Esta autora imagina que haja ali um ateliê bem-iluminado, com portas francesas se abrindo para um cenário idílico e bucólico. No entanto, como nunca foi convidada a visitá-los, esta autora pode apenas especular.

Dito isso, vale afirmar que as especulações desta autora costumam ser espantosamente precisas.

CRÔNICAS DA SOCIEDADE DE LADY WHISTLEDOWN, 1818

UM PERFEITO CAVALHEIRO

Benedict era um Bridgerton, e, embora não houvesse outra família a que quisesse pertencer, às vezes desejava ser considerado um pouco menos Bridgerton e um pouco mais ele mesmo.

Então, quando se virara e a vira, soube no mesmo instante que ela era o motivo pelo qual ele estava lá naquela noite, o motivo pelo qual morava na Inglaterra. Diabo, o motivo pelo qual ele havia nascido.

A dama misteriosa estava em algum lugar. Fazia tempo que ele se resignara ao fato de que seria difícil encontrá-la, e não ia ativamente atrás dela fazia mais de um ano, mas...

Benedict deu um sorriso melancólico. Simplesmente não conseguia parar de tentar achá-la. A busca se tornara, de uma maneira muito estranha, parte de quem ele era. Seu nome era Benedict Bridgerton, ele tinha sete irmãos e irmãs, era bastante habilidoso com o florete e com desenhos e estava sempre na expectativa de encontrar a mulher que havia tocado sua alma.

Mais de um convidado do baile de máscaras relatou a esta autora que Benedict Bridgerton foi visto na companhia de uma dama desconhecida usando um vestido prateado.

Por mais que tenha tentado, esta autora foi incapaz de descobrir quem era a jovem misteriosa. E, se esta autora não foi capaz de saber a verdade, o leitor pode ter certeza de que sua identidade é, de fato, um segredo muito bem guardado.

*CRÔNICAS DA SOCIEDADE
DE LADY WHISTLEDOWN,
7 DE JUNHO DE 1815*

Parecia haver uma regra tácita segundo a qual todas as damas da sociedade precisavam manter as visitas esperando durante pelo menos quinze minutos, ou vinte, se estivessem particularmente irritadiças.

Era um costume bastante idiota, Benedict pensou com irritação. Jamais compreenderia por que o resto do mundo não valorizava a pontualidade como ele...

Agora, parado no meio do lago, com a água batendo-lhe na barriga logo acima do umbigo, ele foi tomado mais uma vez por aquele sentimento estranho de estar mais vivo do que alguns segundos antes. Era uma sensação boa, uma onda de emoção excitante, de tirar o fôlego.

Foi como da outra vez. Quando ele a conhecera.

Algo estava prestes a acontecer, ou talvez alguém se encontrasse por perto.

Sua vida estava a ponto de mudar.

Contorcendo os lábios, ele se deu conta de que estava nu como viera ao mundo.

— Acho que *preciso* beijá-la — acrescentou Benedict, parecendo não acreditar direito nas próprias palavras. — É como respirar. Não há muita escolha.

— Em que você poderia estar pensando para parecer tão adoravelmente furiosa? — provocou Benedict. — Não, não me conte — acrescentou. — Estou certo de que envolve minha morte prematura e dolorosa.

Benedict sabia — simplesmente *sabia* — que se um deles não saísse do quarto nos trinta segundos seguintes, ele iria fazer algo pelo qual precisaria se desculpar mil vezes.

Não que não planejasse seduzi-la. Só que preferia fazê-lo com um pouco mais de elegância.

— Às vezes não é fácil ser um Bridgerton — garantiu, com a voz propositalmente suave e gentil.

Ela virou a cabeça para ele.

— Não consigo imaginar nada melhor.

— Não há nada melhor — confirmou ele —, mas isso não quer dizer que seja sempre fácil.

— Como assim?

Nesse momento, Benedict começou a verbalizar sentimentos que nunca compartilhara com ninguém, nem mesmo... não, *sobretudo* com sua família.

— Para a maioria das pessoas — falou —, eu sou apenas um Bridgerton. Não Benedict, ou Ben, ou mesmo um cavalheiro de posses e talvez um pouco de inteligência. Sou apenas — comple-

Pelo jeito, Benedict está em Londres, mas evita todas as reuniões sociais em troca de ambientes menos refinados.

Ainda que, verdade seja dita, esta autora não deva dar a entender que o supracitado Sr. Bridgerton esteja passando cada hora acordado na devassidão. Se os relatos estiverem corretos, ele ficou a maior parte dos últimos quinze dias em sua casa, na Bruton Street.

Como não há boatos de que esteja doente, esta autora só pode deduzir que ele enfim chegou à conclusão de que a temporada de Londres está absolutamente desinteressante e não merece seu tempo.

Homem inteligente, de fato.

CRÔNICAS DA SOCIEDADE
DE LADY WHISTLEDOWN,
9 DE JUNHO DE 1817

— Se você gosta da sua vida desinteressante, isso só pode querer dizer que você não compreende a natureza da animação.

UM PERFEITO CAVALHEIRO

tou, com um sorriso triste – um Bridgerton. Especificamente, o número dois.

✳

Benedict se levantou de imediato. Certos modos podiam ser ignorados diante da irmã, mas nunca diante da mãe.

– Eu vi os seus pés em cima da mesa – disse Violet antes que ele pudesse sequer abrir a boca.

– Eu estava apenas polindo a madeira com minhas botas.

✳

– O que está tramando? – perguntou Sophie.

– Por que acha que estou tramando algo?

Ela contraiu os lábios antes de retrucar:

– Não seria você se não estivesse tramando algo.

Ele sorriu.

– Vou considerar isso um elogio.

– Talvez não tenha sido minha intenção.

– Mesmo assim, é como prefiro considerar – disse ele com delicadeza.

✳

– Prometo que sua honra estará a salvo – atalhou ele. Depois acrescentou, porque não conseguiu evitar: – A menos que *você* não queira isso.

✳

— Então agora você está surgindo de dentro de *armários*?

— É claro que não. — Ele fez ar de ofendido. — Ali é uma escada.

Ele se deu conta de que ficava reconfortado com sua presença. Os dois não precisavam conversar. Não precisavam nem mesmo se tocar (embora ele não estivesse pensando em soltá-la naquele momento). Em poucas palavras, Benedict era um homem mais feliz — e muito possivelmente um homem melhor — quando ela estava por perto.

Ela estava ali, com ele, e era o paraíso. O perfume suave dos cabelos dela, o leve gosto salgado de sua pele — ele pensou que ela nascera para repousar na proteção de seus braços. E ele nascera para abraçá-la.

— Quando eu pensava no que precisava de fato na vida, não no que eu queria, mas no que *precisava*, a única coisa que me vinha à mente era você.

De repente, fez sentido. Apenas duas vezes na vida Benedict sentira aquela atração inexplicável, quase mística, por uma mulher. Achava incrível ter conhecido duas mulheres, quando no fundo do coração sempre acreditara que havia apenas um par perfeito para ele no mundo.
Seu coração estava certo.
Havia apenas uma.

Um perfeito cavalheiro

BENEDICT, DE ACORDO COM SUA FAMÍLIA...

— Benedict gosta muito de conversar sobre arte.
Eu quase nunca consigo acompanhar a conversa,
mas ele sempre parece animado.
GREGORY, *A caminho do altar*

— O amor cresce e muda todos os dias. Não é como
um raio que cai do céu e transforma você num homem
diferente de forma instantânea. Eu sei que Benedict
costuma dizer que foi assim com ele, e isso é encantador,
mas, bem, Benedict não é *normal*.
DAPHNE, *Os segredos de Colin Bridgerton*

*Q*ual é a característica que distingue um cavalheiro? Muitos diriam que é o estilo, e com certeza o Sr. Beau Brummell concordaria, caso não tivesse fugido do país por causa de dívidas não pagas dois anos atrás. Outros talvez apontem o intelecto, um talento para as palavras, por assim dizer. Lorde Byron se sairia lindamente dentro dos limites dessa definição... caso também não tivesse fugido do país.

Também por dívidas não pagas.

Também há dois anos.

Trata-se de uma verdadeira epidemia de cavalheiros abandonando nossas terras, embora esta autora precise ressaltar que, apesar de Colin Bridgerton ter planos de partir para a Dinamarca este mês, ele não é nem devedor nem credor. A viagem de Colin Bridgerton tem por motivação o prazer, como todas que faz.

As damas da aristocracia com certeza lamentarão sua ausência, mas o Sr. Bridgerton deve ser fiel a si mesmo. Seu amor por viagens é amplamente conhecido. Quase tanto quanto seu sorriso atrevido e suas maneiras sedutoras. Esta autora é ocupada demais para contar o número de corações partidos que o Sr. Bridgerton deixou por toda Londres, mas é preciso ser dito que nenhum desses órgãos estraçalhados foi resultado de ações maliciosas ou lascivas da parte do Sr. Bridgerton.

Infelizmente, ele não precisa *fazer* nada para que as damas se apaixonem. O Sr. Bridgerton precisa apenas *ser*.

Se, como escreveu Shakespeare, a concisão é realmente a alma da inteligência, esta autora deve dizer apenas: talvez seja por isso que ele permanece nestas terras por tão curtos períodos.

 CRÔNICAS DA SOCIEDADE DE LADY WHISTLEDOWN, 1818

MAMÃES CASAMENTEIRAS, podem comemorar: Colin Bridgerton retornou da Grécia!

Para os gentis (e ignorantes) leitores recém-chegados à cidade, o Sr. Bridgerton é o terceiro da lendária série de oito irmãos Bridgertons (por isso o nome Colin, que começa com a letra C: ele nasceu depois de Anthony e Benedict e antes de Daphne, Eloise, Francesca, Gregory e Hyacinth).

Embora o Sr. Bridgerton não possua nenhum título de nobreza, e talvez jamais venha a possuir (é o sétimo na linha de sucessão do título de visconde de Bridgerton, atrás dos dois filhos do atual visconde, de seu irmão Benedict e dos três filhos dele), é considerado, apesar disso, um dos melhores partidos da temporada devido à sua fortuna, à sua beleza, à sua forma física e, acima de tudo, aos seus encantos.

CRÔNICAS DA SOCIEDADE DE LADY WHISTLEDOWN,
2 DE ABRIL DE 1824

OS SEGREDOS DE COLIN BRIDGERTON

Colin Bridgerton era famoso por muitas coisas.

Primeiro pela beleza, o que não era surpresa alguma: todos os homens da família Bridgerton eram famosos por isso.

Era conhecido também pelo sorriso enviesado, capaz de derreter o coração de uma mulher do outro lado de um salão de baile abarrotado e que, certa vez, de fato, levara uma jovem a desmaiar e cair dura no chão. Na verdade, a fizera ficar tonta e, então, bater com a cabeça numa mesa, o que acabou tendo como consequência o desmaio.

Era famoso, além disso, por seu temperamento tranquilo, pela capacidade de deixar qualquer pessoa à vontade com um sorriso afável e um comentário divertido.

Ele *não* era famoso por ser genioso — na realidade, muita gente teria jurado que isso era mentira.

O DUQUE E EU

— Espero que ele saiba o seu valor — comentou Colin baixinho. — Porque, se não souber, talvez eu mesmo tenha que matá-lo.

OS SEGREDOS DE COLIN BRIDGERTON

— Você é um péssimo mentiroso, sabia?

Ele endireitou o corpo e ajeitou o colete de leve enquanto erguia o queixo.

— Na verdade, sou um ótimo mentiroso. Mas sou bom mesmo em me mostrar apropriadamente envergonhado e adorável quando pego.

O que ela podia dizer depois *daquilo*? Porque sem dúvida não havia ninguém mais adoravelmente envergonhado (ou envergonhadamente adorável?) do que Colin Bridgerton com as mãos cruzadas para trás, os olhos vasculhando o teto e os lábios dando um assovio inocente.

— Eu amo muito a minha família, mas vou mesmo é pela comida.

Os segredos de Colin Bridgerton

Colin decidiu, naquele momento, que a mente feminina era algo estranho e incompreensível — algo que um homem jamais deveria tentar compreender. Não havia uma única mulher viva que conseguisse ir do ponto A ao B sem parar diversas vezes pelo caminho.

Os segredos de Colin Bridgerton

Colin conhecia bem a alta sociedade. Sabia como agiam os seus pares. A aristocracia era capaz de gestos grandiosos individuais, mas coletivamente tinha a tendência de afundar até o mais baixo denominador comum.

UMA NOIVA REBELDE

— Segure o neném um segundinho, por favor?

Violet empurrou Colin para os braços dela, e Georgie teve que pegá-lo no colo. Na mesma hora, ele começou a chorar.

— Acho que ele está com fome — arriscou Georgie.

— Ele está *sempre* com fome. Sinceramente, não sei mais o que fazer com esse menino. Ontem ele comeu metade da minha empanada de carne.

Chocada, Georgie encarou o sobrinho.

— Ué, mas ele tem dentes?

— Não — respondeu Violet. — Ele mastigou só com as gengivas.

OS SEGREDOS DE COLIN BRIDGERTON

Era estranho, na verdade, gostar na mesma medida de voltar para casa e de partir.

Colin jamais fora contrário ao casamento. Só era contra um casamento entediante.

— E eu, aqui, pensando ser inescrutável.
— Sinto muito em lhe informar que não é — retrucou ela. — Pelo menos, não para mim.
Colin deixou escapar um suspiro.
— Acho que jamais será meu destino ser um herói misterioso e meditativo.
— Talvez você ainda se veja no papel de herói de alguém — concedeu Penelope. — Ainda há esperança. Mas misterioso e meditativo? — Ela sorriu. — Pouco provável.

— Um homem não pode viajar para sempre. Isso comprometeria todo o divertimento inerente ao ato de viajar.

De repente, não sabia o que dizer, o que era estranho, porque ele *sempre* sabia o que dizer. Na verdade, era até um pouco famoso por isso. Talvez essa fosse uma das razões pelas quais gostavam tanto dele, refletiu.

Teve a sensação de que os sentimentos de Penelope dependiam de suas próximas palavras e, em algum momento dos últimos dez minutos, os sentimentos dela haviam adquirido grande importância para ele.

O VISCONDE QUE ME AMAVA

— Honra e sinceridade têm seu tempo e lugar, mas *não* num jogo de *pall mall*.

OS SEGREDOS DE COLIN BRIDGERTON

— Mamãe — começou, virando-se para Violet —, como tem passado?

— Você envia bilhetes misteriosos pela cidade inteira e quer saber como eu tenho passado? — retrucou Violet.

Ele sorriu.

— Quero.

Violet começou a balançar o dedo para ele, algo que proibira terminantemente os próprios filhos de fazer em público.

— Ah, não, nada disso, Colin Bridgerton. Não vai se safar assim. Você me deve uma explicação. Eu sou sua mãe. Sua mãe!

— Estou ciente disso — murmurou ele.

— Biscoitos estão gostosos — disse Hyacinth, empurrando um prato na direção de Penelope.

— Hyacinth — chamou Violet, numa voz que denotava leve desaprovação —, tente falar com frases completas.

A menina olhou para a mãe com expressão de surpresa.

— Biscoitos. Estão. Gostosos. — Ela inclinou a cabeça para o lado. — Substantivo. Verbo. Adjetivo.

— Hyacinth.

— Substantivo. Verbo. Adjetivo – repetiu Colin, limpando uma migalha do rosto sorridente. – Frase. Está. Correta.

A CAMINHO DO ALTAR

Gregory contara tudo a Colin, até mesmo o que acontecera na noite anterior. Não queria expor Lucy, mas não se pode pedir a um irmão que se sente em uma árvore por horas a fio sem explicar por quê. E Gregory achara de certa forma reconfortante se abrir com Colin. Ele não lhe dera um sermão. Não o julgara.

Na verdade, ele entendera.

Quando Gregory terminara a história, explicando de forma sucinta por que estava esperando em frente à Casa Fennsworth, Colin simplesmente assentira e dissera:

— Imagino que você não tenha nada aí para comer.

Gregory balançara a cabeça e sorrira.

Era bom ter um irmão.

— Que péssimo planejamento da sua parte – resmungou Colin.

OS SEGREDOS DE COLIN BRIDGERTON

E ele estava aprendendo que tudo o que acreditara saber sobre o ato de beijar era bobagem.

Todo o resto havia sido apenas lábios, línguas e palavras murmuradas, mas sem o menor significado.

Aquilo, sim, era um beijo.

Havia algo no roçar dos lábios, na forma como ele podia ouvir e sentir a respiração dela ao mesmo tempo. Algo no fato de ela permanecer totalmente imóvel e, no entanto, ser possível sentir o seu coração ribombando.

Havia algo no fato de ele saber que era *ela*.

Imaginou-se dizendo algo insolente e cômico, como o sujeito brincalhão que tinha a reputação de ser. *O que você quiser*, talvez, ou *Toda mulher merece ao menos um beijo*. Mas, ao eliminar a distância quase inexistente entre eles, percebeu que não havia palavras que pudessem captar a intensidade do momento.

Palavras para a paixão. Palavras para a necessidade.

Não havia palavras para a epifania daquele momento.

E assim, numa sexta-feira que de outra forma teria sido como qualquer outra, no coração de Mayfair, numa silenciosa sala de estar na Mount Street, Colin Bridgerton beijou Penelope Featherington.

E foi glorioso.

E foi então que ele se deu conta de que Daphne estava certa. O seu amor não tinha sido como um raio caído do céu. Começara com um sorriso, com uma palavra, com um olhar zombeteiro. A cada segundo que passara na companhia dela, crescera até chegarem àquele momento, e de repente ele *soube*.

PARA SIR PHILLIP, COM AMOR

— Como você pode pensar em comida neste momento? – perguntou Gregory, com raiva.

— Eu sempre penso em comida – retrucou Colin, correndo os olhos pela mesa até encontrar a manteiga. — Em que mais deveria pensar?

— Na sua esposa – disse Benedict.

— Ah, sim, minha esposa – falou Colin, assentindo com a cabeça. Então olhou para Phillip com ar severo e acrescentou: — Se quer saber, eu preferiria passar a noite com ela.

Phillip não conseguia pensar numa resposta que não soasse como um insulto à ausente Sra. Bridgerton, então apenas assentiu e passou manteiga num pão.

Colin deu uma grande mordida e então falou com a boca cheia, o desrespeito à etiqueta um claro insulto ao anfitrião.

— Estamos casados há apenas algumas semanas.

Phillip ergueu uma das sobrancelhas de maneira indagadora.

— Ainda somos recém-casados.

Phillip fez que sim, uma vez que parecia ser necessário algum tipo de resposta.

Colin se inclinou para a frente.

— Eu, *com certeza*, não queria ter deixado a minha esposa.

— Compreendo — murmurou Phillip, já que, sinceramente, o que mais poderia falar?

— Entendeu o que ele quis dizer? — perguntou Gregory.

Colin lançou um olhar gélido para o irmão, que claramente era jovem demais para ter dominado a arte das nuances e do discurso prudente. Phillip esperou Colin virar de volta para a mesa, ofereceu-lhe um prato de aspargos (que ele aceitou) e então retrucou:

— Entendi que você está sentindo falta de sua esposa.

Após um instante de silêncio, Colin olhou com desdém para o irmão e depois respondeu:

— Estou mesmo.

OS SEGREDOS DE COLIN BRIDGERTON

— Eu te amo. Eu te amo agora e te amarei para sempre. Eu te amo mais do que tudo. Pelos filhos que teremos, pelos anos que passaremos juntos. Por cada um dos meus sorrisos e mais ainda pelos teus.

COLIN, DE ACORDO COM SUA FAMÍLIA...

– *Colin* é seu irmão preferido?
SIMON, *O duque e eu*

Quando Phillip sorriu... Eloise de repente entendeu ao
que todas aquelas jovens se referiam quando falavam
empolgadas sobre o sorriso de seu irmão Colin (que Eloise
achava bastante comum, afinal de contas era *só* o Colin).
Para sir Phillip, com amor

Até mesmo Colin – o menino de ouro, o homem de sorriso
fácil e humor contagiante – tinha lá os seus fantasmas.
Era perseguido por sonhos jamais realizados e inseguranças
secretas. Como havia sido injusta ao ponderar sobre a vida
dele e nunca lhe permitir fraqueza alguma...
PENELOPE, *Os segredos de Colin Bridgerton*

– Vamos voltar para a sala de jantar? – sugeriu Anthony.
– Imagino que esteja com fome e, se demorarmos
mais, Colin conseguirá acabar com toda a comida da casa
do nosso anfitrião.
Para sir Phillip, com amor

A Srta. Penelope Featherington foi vista em Mayfair com lady Louisa McCann e com o cão mais gordo que esta autora já viu. Mas as notícias a serem relatadas sobre a Srta. Featherington não são nem a companhia da filha do duque de Fenniwick nem seu cão extremamente corpulento (na verdade, o cão é de lady Louisa; a Srta. Featherington também tem um, mas de tamanho normal).

Não, a grande notícia do dia foi a cor surpreendentemente deliciosa de seu vestido para o dia: não se via um único fio amarelo. Por mais que seja verdade que os trajes da Srta. Featherington têm consistido em tons mais frios nesses últimos anos, é impossível afastar da memória os tons de limão-siciliano e laranja da infeliz apresentação da dama em questão à sociedade. Alguns talvez tenham julgado cruel comparar a Srta. Featherington a uma "fruta cítrica madura demais", mas esta autora insiste que para muitas pessoas a cor do sol não é nada lisonjeira. Inclusive, até mesmo a estimada lady Bridgerton (na época em que era meramente Srta. Sheffield) se assemelhou a um "narciso chamuscado".

Mas será que, infelizmente, essa mudança de guarda-roupa aconteceu tarde demais para a Srta. Featherington? A dama — atualmente instalada no lado mais obscuro dos 25 anos — já seria uma solteirona? Alguns diriam que sim. A maioria, na verdade. No entanto, caso ela se visse como objeto de interesse de um pretendente, não seria a primeira solteirona a surpreender a aristocracia. Afinal, a Srta. Eloise Bridgerton tem quase exatamente a mesma idade da Srta. Penelope Featherington e já recebeu dois pedidos de casamento nos últimos dois anos.

Talvez Penelope ainda venha a surpreender a todos nós...
Ou não.

CRÔNICAS DA SOCIEDADE DE LADY WHISTLEDOWN, 1822

OS SEGREDOS DE COLIN BRIDGERTON

No fundo, ela sabia quem era: uma garota inteligente, generosa e muitas vezes até mesmo engraçada, mas, de alguma forma, sua personalidade sempre se perdia em algum lugar a caminho da boca e ela acabava dizendo a coisa errada ou – o que era mais comum – nada.

No dia 6 de abril de 1812 – dois dias antes de seu aniversário de 16 anos –, Penelope Featherington se apaixonou.

Foi, em uma palavra, emocionante. O mundo estremeceu. Seu coração deu saltos. Ela ficou sem fôlego e foi capaz de dizer a si mesma, com alguma satisfação, que o homem em questão – um tal de Colin Bridgerton – se sentiu da mesma forma.

Ah, não com relação à parte amorosa. Com certeza ele não se apaixonou por ela em 1812 (nem em 1813, 1814, 1815, nem – ora, ora! – nos anos entre 1816 e 1822, e também não em 1823, quando, de qualquer forma, passou o ano todo fora do país). Mas o mundo dele estremeceu, seu coração deu saltos e Penelope soube, sem a menor sombra de dúvida, que ele perdeu o fôlego, assim como ela. Por uns bons dez segundos.

É o que geralmente acontece quando um homem cai do cavalo.

Ora, mas quanta agitação se viu ontem em frente à casa de lady Bridgerton, na Bruton Street!

Primeiro, Penelope Featherington foi vista na companhia não de um, nem de dois, mas de TRÊS irmãos Bridgertons, um feito até então impossível para a pobre menina, já um tanto conhecida por ser bastante sem graça. Infelizmente (mas talvez de forma previsível) para a Srta. Featherington, quando ela enfim partiu, foi acompanhada pelo visconde, o único casado do grupo.

Se a Srta. Featherington conseguisse, de alguma forma, arrastar um dos irmãos Bridgertons para o altar, isso seria o fim do mundo como o conhecemos, e esta autora, que admite que não entenderia mais nada de tal mundo, seria forçada a renunciar ao seu posto no mesmo instante.

CRÔNICAS DA SOCIEDADE DE LADY WHISTLEDOWN, 13 DE JUNHO DE 1817

OS SEGREDOS DE COLIN BRIDGERTON

O amarelo, argumentou a Sra. Featherington, era *alegre*, e uma moça *alegre* conseguiria fisgar um marido.

Penelope decidiu naquele instante, naquele local, que era melhor não tentar compreender como a mente da mãe funcionava.

— Passei a vida inteira deixando as coisas para lá, sem dizer às pessoas o que quero de verdade.

Eram os três irmãos mais velhos: Anthony, Benedict e Colin. Estavam tendo uma daquelas conversas que os homens costumam ter, em que ficam grunhindo e ridicularizando uns aos outros. Penelope sempre gostara de observá-los interagirem dessa forma: eram tão *família*...

Penelope podia vê-los através do vidro da porta da frente, mas não pôde ouvir o que diziam até chegar ao vão. E como prova do péssimo timing que a assolara a vida toda, a primeira voz que escutou foi a de Colin, e as palavras que ouviu não foram nada generosas:

— ... eu não vou me casar tão cedo, e muito menos com Penelope Featherington!

— Ah!

A palavra simplesmente saiu de seus lábios em um lamento desafinado antes mesmo que ela pudesse pensar.

Os três Bridgertons voltaram-se para encará-la, horrorizados, e Penelope soube que acabara de dar início aos piores instantes de sua vida.

Ficou em silêncio pelo que pareceu ser uma eternidade e então, por fim, com uma dignidade que jamais sonhara possuir, olhou direto para Colin e retrucou:

— Eu nunca pedi que se casasse comigo.

O VISCONDE QUE ME AMAVA

— Pelo que sei, lady Whistledown não erra nunca — comentou Kate.

Penelope apenas deu de ombros e olhou com desgosto para o próprio vestido.

— Em relação a *mim*, pelo menos, nunca.

— A maioria das jovens tinha sempre um parceiro de dança, mas eu sentia pena da pobre Penelope sempre que a via sentada com as viúvas – disse Cressida.

— As viúvas – replicou Penelope – costumam ser as únicas pessoas no salão com um mínimo de inteligência.

OS SEGREDOS DE COLIN BRIDGERTON

— Se o que deseja é dar um novo rumo a sua vida – começou ela –, então, pelo amor de Deus, escolha alguma coisa e faça. O mundo lhe pertence, Colin. Você é jovem, rico, e é *homem*. – A voz de Penelope tornou-se amarga, ressentida. – Pode fazer o que quiser.

Ele franziu a testa, o que não a surpreendeu. Quando as pessoas se convenciam de que tinham problemas, a última coisa que desejavam era ouvir uma solução óbvia e objetiva.

— Não é tão simples assim – afirmou ele.

— Claro que é.

Penelope se levantou e alisou o vestido num gesto desajeitado e defensivo.

Um amor não correspondido não era nada fácil de administrar, mas ao menos Penelope Featherington já estava acostumada a isso.

OS SEGREDOS DE COLIN BRIDGERTON

— Eu só escrevo finais felizes. Não saberia escrever qualquer outra coisa.

Os segredos de Colin Bridgerton

— Da próxima vez que quiser reclamar sobre os percalços e as atribulações de ser adorado por todos, tente ser uma solteirona encalhada por um dia. Veja qual é a sensação e depois me avise se deseja continuar se lamentando.

Então, enquanto Colin continuava esparramado no sofá, olhando para Penelope como se ela fosse uma criatura bizarra de três cabeças, doze dedos e uma cauda, ela deixou o aposento.

Foi, pensou ela, enquanto descia os degraus externos que levavam à Bruton Street, a saída mais esplêndida de toda a sua existência.

OS SEGREDOS DE COLIN BRIDGERTON

— Não é ótimo descobrirmos que não somos exatamente o que pensávamos ser? — disse lady Danbury, aproximando-se de Penelope de maneira que só ela pudesse ouvir as suas palavras.

Então ela se afastou, deixando a jovem a se perguntar se talvez ela não fosse exatamente o que pensava ser.

Talvez — só talvez — fosse um pouquinho mais.

— Você não me conhece tão bem quanto acha, Colin — concluiu ela. Então, num tom mais baixo, acrescentou: — *Eu* não me conheço tão bem quanto achava.

Tinha esse estranho hábito. Sempre recordava os dias da semana em que as coisas tinham ocorrido.

Conhecera Colin numa segunda-feira e o beijara numa sexta. Doze anos depois.

Deixou escapar um suspiro. Aquilo lhe pareceu um tanto patético.

— Suponhamos que eu dissesse a todo mundo que seduzi você.

Penelope ficou muito, muito quieta.

— Você estaria arruinada para sempre — continuou ele, agachando-se perto da beirada do sofá, de forma que ficassem mais ou menos da mesma altura. — Não importaria que nós nem ao menos tivéssemos nos beijado. *Isso*, minha cara Penelope, é o poder da palavra.

※

Há momentos na vida de uma mulher em que seu coração dá uma cambalhota no peito, em que o mundo parece atipicamente cor-de-rosa e perfeito, em que uma sinfonia pode ser ouvida no toque de uma campainha.

Era o tipo de beijo que a envolvia da cabeça aos pés, desde o modo como Colin mordiscava os seus lábios até a forma como ele apalpava o seu traseiro e deslizava as mãos por suas costas. Era o tipo de beijo que poderia facilmente tê-la deixado de pernas bambas, fazendo-a desmaiar no sofá e permitir que ele fizesse qualquer coisa com ela, apesar de estarem apenas a alguns metros de distância de cerca de quinhentos membros da alta sociedade, a não ser...

— Colin! — exclamou ela, de alguma forma conseguindo afastar a boca da dele.

— Shhhh.

— Colin, precisa parar!

A expressão dele era a de um cachorrinho confuso.

— Preciso?

— Sim, precisa.

— Imagino que vá dizer que é por causa de todas as pessoas que estão aqui ao lado.

— Não, embora seja um ótimo motivo para considerar o autocontrole.

— Para considerar e depois... ignorar, talvez? — disse ele, esperançoso.

Ela havia nascido para aquele homem, e passara muitos anos tentando aceitar o fato de que ele havia nascido para outra pessoa.

Ter uma prova do contrário era o mais profundo prazer que poderia imaginar.

— Eu não teria perdido isto por nada neste mundo — comentou lady Danbury. — He, he, he. Este bando de tolos tentando descobrir como você conseguiu que Colin Bridgerton a pedisse em casamento quando a única coisa que fez foi ser você mesma.

PENELOPE, DE ACORDO COM SUA FAMÍLIA...

– Penelope nunca se esquece de um rosto.

ELOISE, *Um perfeito cavalheiro*

– Sempre gostei dela. É mais inteligente do que o restante da família todo junto.

LADY DANBURY, *Os segredos de Colin Bridgerton*

– Não há ninguém que eu gostaria mais de ter como irmã. Bem, além das que já tenho, é claro.

ELOISE, *Os segredos de Colin Bridgerton*

– Eu sei que muitos se surpreenderam quando pedi a Penelope Featherington que fosse minha esposa. Eu mesmo me surpreendi.

Algumas risadinhas abafadas se fizeram ouvir, mas Penelope se manteve perfeitamente imóvel e orgulhosa. Colin sabia o que estava fazendo. Ela tinha certeza disso. Ele sempre dizia a coisa certa.

– Eu não me surpreendi com o fato de ter me apaixonado por ela – frisou ele, olhando para todos com uma expressão que os desafiava a tecer qualquer comentário –, e sim por isso ter demorado tanto para acontecer. Afinal, eu a conhecia havia tantos anos – continuou, a voz tornando-se mais suave –, mas, de alguma forma, jamais havia me dado o trabalho de notar a mulher linda, brilhante e espirituosa na qual ela se transformou.

Os segredos de Colin Bridgerton

6

DAPHNE

o que parece, o casamento não transformou completamente a antiga Srta. Daphne Bridgerton. Por mais que tenha feito habilmente a transição de debutante a duquesa, ela ainda é uma dama que cresceu com quatro irmãos, três deles mais velhos (e esta autora está certa de que até o próximo ano todos os quatro rapazes serão também mais altos). Por mais que a duquesa, um diamante de primeira água, seja toda amabilidade e graça, muito de seu comportamento só pode ser explicado pelo fato de ter crescido em uma casa povoada por tantos machos de nossa espécie. Considerem o seguinte:

Na recepção em Aubrey Hall na última temporada, depois do que foi reportado como um jogo muito animado de *pall mall*, do qual Eloise, irmã mais nova da duquesa, não participou (aparentemente não por falta de tentativa, segundo soube esta autora), a dita irmã relatou a um grupo de damas agitadas que a ouviam arrebatadas que, em uma reunião de família no inverno anterior, a duquesa de Hastings não apenas tomou parte de uma vigorosa competição de arremesso de bolas de neve como ganhou de todos os seus irmãos que participaram. A competição foi julgada tendo como critério a mira, não a distância, e esta autora não pode evitar pensar que a destreza da duquesa tenha sido em parte reforçada pelo fato de que o alvo era o Sr. Colin Bridgerton, que foi o azarado da temporada (é preciso registrar que Eloise Bridgerton alega ter melhor mira do que todos os seus irmãos e também que, de acordo com várias pessoas que testemunharam o evento anual, ela nunca foi a azarada).

Mas voltemos à nossa bela duquesa. No baile dos Mottrams da semana passada, o Sr. Harry Valentine salvou galantemente uma das moças Smythe-Smiths de cair em cima de uma mesa com limonada, em uma sucessão de eventos inesperados e infelizes que incluiu um cachorro pequeno, um relógio grande e a bengala de lady Danbury. A duquesa mal havia se recuperado de ser tirada do caminho dos cacos de vidro pelo galante marido quando saiu correndo até o Sr. Valentine para cuidar de sua mão machucada. Quando elogiada por seu talento para a enfermagem e pela total ausência de melindres, a duquesa nem sequer desviou os olhos da ferida para responder: "Quatro irmãos. Eu já fiz isso antes."

Isso nos leva a imaginar se há algo que a duquesa de Hastings não saiba fazer.

 CRÔNICAS DA SOCIEDADE DE LADY WHISTLEDOWN, 1814

O DUQUE E EU

— Eu quero um marido. Uma família. Não é tão bobo quando se pensa nisso. Sou a quarta de oito filhos. Só conheço famílias grandes. Não sei se saberia existir fora de uma.

※

— Tudo o que conheci na infância foi amor e devoção. Acredite em mim, isso torna tudo mais fácil.

※

— Eu poderia fazer coisas muito piores do que seguir seu exemplo, mamãe — murmurou ela.

— Nossa, Daphne — falou Violet, com os olhos se enchendo de lágrimas. — Que coisa encantadora de se dizer.

A jovem enrolou um cacho dos cabelos castanhos no dedo, sorriu e transformou o momento sentimental em provocação.

— Ficarei feliz de seguir seus passos em relação a casamento e filhos, mamãe, desde que eu não precise dar à luz oito crianças.

Esteve no baile de lady Danbury ontem à noite? Se não, que pena. Perdeu a chance de testemunhar o mais incrível golpe da temporada. Ficou claro a todos os presentes, e principalmente para esta autora, que a Srta. Daphne Bridgerton conquistou o interesse do duque de Hastings, recém-chegado de volta à Inglaterra.

CRÔNICAS DA SOCIEDADE
DE LADY WHISTLEDOWN,
30 DE ABRIL DE 1813

O VISCONDE QUE ME AMAVA

— Nós, Bridgertons, somos um bando sedento de sangue, mas gostamos de seguir a tradição.

— Não temos espírito esportivo quando se trata de *pall mall*. Sempre que um Bridgerton ergue um taco, tornamo-nos todos trapaceiros e mentirosos. Na verdade, o jogo é muito menos sobre ganhar e muito mais sobre garantir que os adversários percam.

O DUQUE E EU

Daphne Bridgerton podia estar correndo atrás de um marido e, portanto, ser um desastre para qualquer homem na posição dele, mas certamente tinha senso de humor.

Ocorreu-lhe num lampejo de clareza que, se ela fosse um homem, seria do tipo que ele chamaria de amigo.

※

— Você não estava indo a outro lugar? — indagou Daphne incisivamente.

Colin deu de ombros.

— Na verdade, não.

— Você não acabou de me dizer que prometeu uma dança a Prudence Featherington? — insistiu ela por entre os dentes.

— Nossa, não! Você deve ter ouvido mal.

— Talvez a mamãe esteja procurando por você, então. Aliás, tenho certeza de que a ouvi chamando seu nome.

Colin sorriu com o desconforto da irmã.

— Você não deveria ser tão óbvia — aconselhou ele num sussurro teatral, alto o bastante para que Simon escutasse. — Ele vai descobrir que você gosta dele.

O corpo inteiro do duque estremeceu com uma alegria incontida.

— Não é a companhia dele que estou tentando garantir — disse Daphne acidamente. — É a sua que estou tentando evitar.

Os homens — pensava ela com desagrado — estavam interessados apenas em mulheres que os amedrontavam.

O DUQUE de Hastings foi visto mais uma vez com a Srta. Bridgerton (para aqueles que, como esta autora, acham difícil diferenciar os inúmeros filhos dos Bridgertons uns dos outros, trata-se, no caso, da Srta. Daphne). Fazia muito tempo que não se viam duas pessoas tão claramente dedicadas uma à outra.

CRÔNICAS DA SOCIEDADE
DE LADY WHISTLEDOWN,
14 DE MAIO DE 1813

— A maioria das pessoas me considera um exemplo de gentileza e amabilidade.

— A maioria das pessoas é tola – disse Simon de forma abrupta.

Daphne inclinou a cabeça para o lado, claramente pensando no que ele dissera. Então olhou para Nigel e suspirou.

— Devo concordar com o senhor, por mais que me doa.

Simon conteve um sorriso.

— Dói concordar comigo ou o fato de que a maioria das pessoas é tola?

— Ambos – respondeu ela, sorrindo de novo, um sorriso largo e encantador que mexia de forma curiosa com a cabeça dele. – Mas principalmente o primeiro.

— O humor de um libertino é baseado em crueldade. Ele precisa de uma vítima, pois não pode sequer pensar em rir de si mesmo.

E pensou... e se ela o beijasse? E se o levasse para o jardim, levantasse a cabeça e sentisse os lábios dele tocarem os seus? Será que ele perceberia quanto ela o amava? Quanto poderia vir a amá-la? Quanto ela poderia fazê-lo feliz?

Ela tentou dizer algo bem-humorado. Algo sedutor. Mas sua ousadia acabou no último momento. Ela nunca fora beijada, e agora que o havia praticamente convidado a ser o primeiro, não sabia o que fazer.

❋

— Eu... eu sempre soube que não era o tipo de mulher com quem os homens sonham, mas nunca imaginei que alguém fosse preferir morrer a se casar comigo.

❋

— Eu só quero você — disse ela baixinho. — Não preciso do mundo, só do seu amor. E talvez — acrescentou com um sorriso malicioso — que você tire as botas.

❋

— Sempre suspeitei que os homens fossem todos uns idiotas — resmungou Daphne —, mas nunca tive certeza. Até hoje.

> *— Afinal, com quatro irmãos, é preciso sempre aproveitar o momento em que se pode dizer "Eu avisei".*
>
> O duque e eu

– Os homens de fato desejam ser considerados libertinos, pelo menos de acordo com o que aprendi há muitos anos.

O DUQUE E EU

UM BEIJO INESQUECÍVEL

— Não consigo me sentir duquesa na sala de estar da minha mãe.

— Como se sente, então?

— Hmmm. — Ela tomou um gole do chá. — Apenas como Daphne Bridgerton, suponho. É difícil se livrar do sobrenome neste clã. Em espírito, pelo menos.

— Espero que isso seja um elogio — observou lady Bridgerton.

Daphne sorriu para a mãe.

— Temo dizer que jamais escaparei de você. — Ela se virou para Gareth. — Nada como a própria família para nos fazer sentir que nunca crescemos.

DAPHNE, DE ACORDO COM SUA FAMÍLIA...

– Isso é culpa de Daphne – retrucou Colin. – Tudo é culpa
de Daphne. Torna minha vida muito mais fácil!

COLIN, *O visconde que me amava*

Eloise achava que deveria ter conversado com Daphne,
mas, toda vez que ia vê-la, a irmã mais velha estava tão
absurdamente *feliz*, tão completamente apaixonada pelo
marido e pela vida de mãe de quatro filhos...
Como alguém assim poderia oferecer algum conselho útil
a uma pessoa na posição de Eloise?

Para sir Phillip, com amor

– Daphne é a exceção que comprova a regra.
Você gostará muito dela.

ANTHONY, *O duque e eu*

7

SIMON

O duque de Hastings é um homem *belíssimo*. E se a Srta. Daphne Bridgerton parece um confeito delicado de braço dado com ele, o que isso torna o vistoso duque? Um petisco apetitoso, querido leitor. Absolutamente delicioso. Refestele-se então com este comentário que chegou aos ouvidos desta autora após o baile dos Mottrams:

Duas matronas da sociedade, uma delas uma lady, outra uma viúva, cada uma com uma taça de alguma bebida borbulhante na mão, esvaziaram em um só gole as ditas taças no que só pode ser descrito como um momento de sincera apreciação quando ele passou. Uma delas chegou a murmurar *hummm* como se tivesse acabado de provar chocolate pela primeira vez na vida e a outra deixou escapar um som não verbal de concordância que, me arrisco a dizer, foi quase *lascivo*.

Mas aquela bela cabeça só é usada para sustentar o chapéu? Negativo, querida leitora.

O duque não é chegado a conversas fúteis, tampouco costuma falar do passado, mas esta autora pode afirmar que ele terminou os estudos na Universidade de Oxford, alcançando o primeiro lugar na turma de matemática. O que suscita a pergunta: a Srta. Daphne Bridgerton será sua primeira opção quando o duque se decidir por uma duquesa?

CRÔNICAS DA SOCIEDADE DE LADY WHISTLEDOWN, 1813

O DUQUE E EU

O nascimento de Simon Arthur Henry Fitzranulph Basset, conde de Clyvedon, foi recebido com muita alegria. Os sinos da igreja tocaram por horas, serviu-se champanhe à vontade no imenso castelo que o recém-nascido chamaria de lar e toda a aldeia de Clyvedon parou de trabalhar para participar dos festejos organizados pelo pai do jovem conde.

— Esse não é um bebê comum — disse o padeiro ao ferreiro.

— Que bom que você voltou, Clyvedon — disse Anthony depois que os dois se sentaram no White's. — Ah, imagino que você prefira que eu lhe chame de Hastings agora.

— Não — afirmou Simon de forma categórica. — Hastings será sempre meu pai. Ele nunca atendeu por qualquer outro nome. — Fez uma pausa. — Assumirei o título dele, se for obrigado a isso, mas não usarei seu nome.

— Se for obrigado a isso? — Anthony arregalou os olhos. — A maioria dos homens não pareceria tão conformada diante da perspectiva de receber um ducado de herança.

Simon passou a mão pelos cabelos escuros. Sabia que deveria cuidar de seu direito de nascença e exibir um orgulho incon-

Contaram a esta autora que, na noite de ontem, o duque de Hastings mencionou nada menos que seis vezes que não tem planos de se casar. Se sua intenção era desencorajar as mães ambiciosas, ele cometeu um grave erro de avaliação. Elas simplesmente verão seus comentários como os maiores desafios.

CRÔNICAS DA SOCIEDADE
DE LADY WHISTLEDOWN,
30 DE ABRIL DE 1813

testável pela história cheia de glórias da família Basset, mas a verdade era que tudo aquilo o deixava mal. Passara a vida inteira sem corresponder às expectativas do pai. Agora parecia ridículo tentar ficar à altura do nome dele.

— Esse título é um fardo maldito, isso sim — resmungou ele por fim.

Se não podia ser o filho que o pai queria, então seria *exatamente o oposto*.

— Prudence toca piano muito bem — comentou a Sra. Featherington, com uma alegria forçada.

Simon percebeu a expressão aflita da menina mais velha e na mesma hora decidiu nunca aceitar nenhum convite para um sarau na casa dos Featheringtons.

— E minha querida Philipa pinta aquarelas lindíssimas. — Ao ouvir isso, o rosto da garota se iluminou.

— E Penelope? — perguntou Simon, obedecendo a algum diabinho interior.

A Sra. Featherington lançou um olhar cheio de pânico para a filha mais nova, que parecia muito triste. Penelope não era exatamente atraente, e o traje que a mãe escolhera para ela não valorizava seu corpo meio rechonchudo. Mas seus olhos pareciam gentis.

— Penelope? — ecoou a Sra. Featherington, com a voz um pouco estridente. — Ela é... ah... bem, ela é Penelope! — Sua boca estremeceu num sorriso claramente falso.

A menina aparentava querer se enfiar embaixo do tapete. Simon decidiu que, se fosse obrigado a dançar, seria ela que convidaria.

Tinham sido esses olhos, mais do que qualquer coisa, que haviam lhe conferido sua reputação de homem importante e influente. Quando encarava alguém com firmeza e determinação, a pessoa se sentia desconfortável se fosse homem e estremecia se fosse mulher.

— Acho que sei o que sua mãe iria dizer.

Ela pareceu um pouco perplexa com a investida dele, mas ainda assim conseguiu murmurar, de forma bastante desafiadora:

— Ah, é?

Simon assentiu lentamente com a cabeça e tocou no queixo dela com um dedo.

— Ela lhe diria para ter muito, muito medo.

Houve um instante de silêncio absoluto, então Daphne arregalou os olhos. Seus lábios se apertaram, seus ombros se levantaram um pouco e...

E ela riu. Bem na cara dele.

Um duelo! Existe algo mais excitante, mais romântico... ou mais imbecil?

CRÔNICAS DA SOCIEDADE
DE LADY WHISTLEDOWN,
19 DE MAIO DE 1813

— Ah, meu Deus — arquejou ela. — Nossa, isso foi engraçado.

Mas Simon não achou graça.

— Me desculpe — disse ela, em meio às gargalhadas. — Ah, me desculpe, mas o senhor realmente não devia ser tão melodramático. Não lhe cai bem.

Simon fez uma pausa, bastante irritado com o fato de aquela simples garota demonstrar tamanho desrespeito por sua autoridade. Havia vantagens em ser considerado um homem perigoso, e ser capaz de intimidar jovens donzelas supostamente era uma delas.

— Bem, na verdade lhe cai bem, sim, preciso admitir — acrescentou ela, ainda rindo às custas dele. — O senhor parecia muito perigoso. Era essa sua intenção, não era?

Ele continuou em silêncio. Então ela prosseguiu:

— Claro que era... Sinceramente, sinto-me lisonjeada que tenha me considerado merecedora de uma demonstração tão magnífica de libertinagem duquífera. — Ela sorriu, um gesto amplo e sincero. — Ou prefere duquice libertina?

— Essas flores são lindas — disse ela de repente.

Ele olhou para o buquê com indiferença, girando-o na mão.

— São mesmo, não são?

— Eu adorei.

— Elas não são para você.

Daphne ficou sem graça, e Simon sorriu.

— São para sua mãe — explicou.

Apesar de seu comportamento irrepreensível e de todas as promessas feitas a Anthony, ele ardia de desejo por ela. Quando a via do outro lado de um salão lotado, sentia a pele queimar. Quando a via em seus sonhos, ficava em chamas.

O DUQUE E EU

Afinal, é uma verdade universal que qualquer homem casado dono de uma enorme fortuna deve desejar um herdeiro.

CRÔNICAS DA SOCIEDADE DE LADY WHISTLEDOWN, 15 DE DEZEMBRO DE 1817

Ela abriu a boca devagar, surpresa, soltando um pouco de ar antes de dizer:

— Ora, você é um homem muito, muito esperto.

Simon olhou ao redor.

— Onde está seu irmão? Você é insolente demais. Alguém precisa lhe dar um jeito.

— Ah, estou certa de que você verá Anthony com muito mais frequência. Na verdade, estou bastante surpresa por ele ainda não ter aparecido. Ele ficou furioso ontem à noite. Fui obrigada a ouvir um sermão de uma hora sobre seus defeitos e pecados.

— Com certeza os pecados são exagerados.

— E os defeitos?

— Provavelmente verdadeiros — admitiu Simon com certa timidez.

A observação lhe rendeu mais um sorriso de Daphne.

— Bem, verdadeiros ou não — continuou ela —, ele acha que você está planejando alguma coisa.

— Eu *estou* planejando alguma coisa.

Ela inclinou a cabeça para o lado sarcasticamente enquanto revirava os olhos.

— Ele acha que você está planejando alguma coisa *execrável*.

— Bem que eu gostaria de estar fazendo isso — resmungou ele.

*— Vamos fingir que
passamos a gostar
um do outro.*

O DUQUE E EU

— Sempre achei que a principal regra da amizade fosse não flertar com a irmã do amigo.

— Ah, mas eu não estou flertando, estou apenas *fingindo* flertar.

Então sussurrou seu nome e tocou em seu rosto.
Os olhos dela se fecharam e os lábios se entreabriram.
E, no fim, foi inevitável.

— Não... não é você, Daff. Se pudesse ser alguém, seria você. Mas casar comigo a destruiria. Eu jamais poderia lhe dar o que você quer. Você morreria um pouco a cada dia, e assistir a isso me mataria.

— Ninguém nunca lhe disse para não rir de um homem quando ele está tentando seduzir você?

— Você sabe melhor do que ninguém que eu não desejava nada disso. Não queria casar nem ter uma família, muito menos me apaixonar. Mas acabei descobrindo, contra minha vontade, que é impossível *não* amar você.

SIMON, DE ACORDO COM SUA FAMÍLIA...

– Anthony disse coisas tão insultuosas a seu respeito que tenho certeza de que seremos ótimos amigos.

COLIN, *O duque e eu*

– Você não sabe – decretou Anthony, com a voz baixa e quase trêmula de raiva. – Você não sabe o que ele já fez.

– Nada mais grave do que você mesmo já fez, tenho certeza – comentou Violet com malícia.

– Exatamente! – exclamou Anthony. – Pelo amor de Deus, eu sei *muito bem* o que está se passando na cabeça dele neste momento, e não tem nada a ver com poesia e rosas.

O duque e eu

– Ele era meio problemático, pelo que me lembro. Estava sempre em conflito com o pai. Mas tem fama de ser brilhante. Tenho quase certeza de que Anthony falou que ele era o melhor da turma em matemática. O que – acrescentou Violet dando uma revirada de olhos típica de mãe – é mais do que posso dizer de qualquer um dos *meus* filhos.

O duque e eu

Alguns anos atrás, lady Bridgerton comentou que a Srta. Eloise Bridgerton seria um excelente acréscimo ao Departamento de Guerra. Essa instigante informação é de conhecimento desta autora porque a Srta. Hyacinth Bridgerton por acaso ouviu e contou à Srta. Felicity Featherington, que pode ou não ter repetido na presença da mãe dela. E, como toda Londres sabe, depois que a Sra. Featherington crava suas garras em alguma fofoca, pode-se muito bem publicá-la no *Sunday Times*.

Ou aqui.

No entanto, não se pode deixar de imaginar o que provocou uma declaração dessas. Lady Bridgerton ainda era Srta. Sheffield na época e, assim, não teria como saber que Eloise Bridgerton é uma atiradora excepcionalmente boa. Embora seja certamente uma vantagem que uma dama tenha habilidade para se juntar a uma caçada, a maior parte dos homens não aprecia de forma alguma que uma dama atire melhor do que eles, e é verdade que os irmãos da Srta. Eloise já não se dispõem mais a competir tiro ao alvo com ela.

(Esta autora acha isso lamentável. É falta de espírito esportivo, devo dizer.)

Talvez a antiga Srta. Sheffield na verdade estivesse se referindo à inteligência aguçada da Srta. Bridgerton e a sua grande atenção aos detalhes, duas características hoje lendárias. Aliás, mais de um membro da sociedade já especulou que a dama em questão poderia ser lady Whistledown.

Não é. Esta autora lhe garante. E esta autora saberia.

 CRÔNICAS DA SOCIEDADE DE LADY WHISTLEDOWN, 1822

UM PERFEITO CAVALHEIRO

— Eu sei de tudo. Você já deveria ter entendido isso.

— Só porque as mulheres não têm permissão de estudar em locais como Eton e Cambridge não quer dizer que nossa educação seja menos importante — discursou Eloise, ignorando por completo o fraco "Eu sei" do irmão. — Além disso... — continuou.

Benedict se jogou contra a parede.

— ... acredito que o motivo pelo qual não temos acesso às escolas é que, se tivéssemos, iríamos superar os homens em todas as matérias!

OS SEGREDOS DE COLIN BRIDGERTON

Quando Eloise queria uma coisa, não sossegava até consegui--la. Não tinha a ver com dinheiro, ganância ou bens materiais.

No que dizia respeito a ela, tinha a ver com conhecimento. Gostava de saber das coisas e alfinetava, alfinetava e alfinetava até que a pessoa lhe dissesse exatamente o que ela queria ouvir.

UM PERFEITO CAVALHEIRO

— Mas isso não explica por onde você andou a semana inteira — comentou ela, estreitando os olhos ao fitá-lo.

— Alguém já lhe disse que você é intrometida demais?

— Ah, o tempo todo. Onde você estava?

— E insistente também.

— Não posso evitar.

PARA SIR PHILLIP, COM AMOR

... você vai entender por que não pude aceitar o pedido de casamento dele. Ele era grosseiro demais e tinha um temperamento péssimo. Eu quero me casar com um ho-

— Eu tinha de fazer alguma coisa — continuou Eloise. — Não podia mais ficar sentada vendo a vida passar.

PARA SIR PHILLIP, COM AMOR

Homens... No dia em que aprendessem a admitir um erro virariam mulheres.

PARA SIR PHILLIP, COM AMOR

mem agradável e atencioso, que me trate como uma rainha. Ou, pelo menos, como uma princesa. Tenho certeza de que não é pedir muito.

– de Eloise Bridgerton para sua querida amiga Penelope Featherington, enviada por mensageiro após Eloise receber o primeiro pedido de casamento

OS SEGREDOS DE COLIN BRIDGERTON

— Estou muito confortável como uma solteirona. Prefiro mil vezes ser solteira a ser casada com um chato.

O CONDE ENFEITIÇADO

— Você deveria ir até lá falar com ele — sugeriu Eloise, cutucando Francesca com o cotovelo.
— Posso saber por quê?
— Porque ele está *aqui*.

— Assim como uma centena de outros homens com os quais eu preferiria me casar — comentou Francesca.

— Só vejo três com os quais eu consideraria fazer isso — resmungou Eloise —, e mesmo sobre esses não tenho certeza absoluta.

Hyacinth deu de ombros, espetando a agulha com força num bordado extremamente malfeito.

— As pessoas ainda falam dele — retrucou ela, distraidamente. — As senhoras desfalecem como idiotas à mera menção de seu nome, se você quer saber.

— Não há outra forma de desfalecer — observou Eloise.

PARA SIR PHILLIP, COM AMOR

— Você também deveria ler um livro, Eloise — sugeriu Benedict. — São ótimos para o aprimoramento da mente.

— Não preciso de nenhum aprimoramento — rebateu ela. — Me dê uma arma.

— Não vou lhe dar arma nenhuma — retorquiu Benedict. — Não temos o suficiente para distribuir.

— Podemos compartilhar – disse Eloise, irritada. – Já tentou? É ótimo para o aprimoramento da mente.

— Você é muito impaciente – observou Violet, olhando para a porta. – Sempre foi.

— Eu sei – disse Eloise, pensando se aquilo era uma repreensão, e, se fosse, *por que* sua mãe escolhera fazer isso naquele momento.

— Sempre adorei isso em você. Sempre adorei tudo em você, é claro, mas por algum motivo sempre achei sua impaciência especialmente encantadora. Nunca era porque você queria *mais*, mas porque queria *tudo*.

Eloise não tinha certeza se aquilo era uma boa característica.

— Você queria tudo para todo mundo, e queria saber tudo, aprender tudo, e...

Por um instante, Eloise achou que sua mãe tinha acabado, mas então Violet se virou e acrescentou:

— Você nunca ficou satisfeita com o que não fosse o melhor, e isso é bom, Eloise. Fico feliz que não tenha se casado com nenhum daqueles homens que pediram sua mão em Londres. Nenhum deles a teria feito feliz. Contente, talvez, mas não feliz.

Eloise sentiu os olhos se arregalarem de surpresa.

— Mas não deixe sua impaciência tomar conta de você – disse Violet com delicadeza. – Porque você é muito mais do que isso, mas às vezes se esquece.

E então ela lhe contou tudo: sobre os pedidos de casamento que recebera e os que Penelope não recebera, sobre os planos que as duas faziam, de brincadeira, de envelhecerem juntas, ambas solteironas. Também falou sobre como se sentira culpada quando Penelope e Colin se casaram e ela não conseguia parar de pensar em si mesma, em como estava sozinha.

Ela lhe disse tudo isso e ainda mais: desvendou tudo o que havia em sua mente e em seu coração, coisas que nunca contara a mais ninguém. E então Eloise pensou que, para uma mulher que falava sem parar, era incrível a quantidade de coisas guardadas dentro dela que nunca havia compartilhado.

Então, quando terminou (e, para falar a verdade, ela nem percebeu que tinha acabado, só foi ficando sem energia até cair em silêncio), Phillip estendeu o braço e pegou sua mão.

— Está tudo bem — disse ele.

E estava, ela percebeu. Estava mesmo.

Não, ela não precisava de ninguém perfeito. Só precisava de alguém perfeito *para ela*.

Eloise adorava o sorriso dele, meio torto, meio infantil, com um toque de surpresa, como se não pudesse acreditar na própria felicidade.

Adorava a maneira como ele a olhava, como se ela fosse a mulher mais bonita do mundo, ainda que soubesse muito bem que não era.

Adorava a maneira como ele ouvia o que tinha a dizer, e como não se deixava intimidar por ela. Adorava até o modo como Phillip dizia que ela falava demais, porque ele quase sempre fazia isso com um sorriso e, é claro, porque era verdade.

E adorava a maneira como ele ainda a ouvia com atenção, mesmo depois de ter dito que ela falava demais.

Ela adorava ver como ele amava os filhos.

Adorava sua honra, sua honestidade e seu senso de humor travesso.

E adorava a maneira como ela se encaixava em sua vida, e ele na dela.

Era confortável. Parecia o certo.

Eloise, então, finalmente percebeu que aquele era o seu lugar.

Tenho tanta coisa para lhe ensinar, minha pequena. Espero poder fazer isso servindo-lhe de exemplo, mas sinto necessidade de escrever algumas coisas também. Essa é uma peculiaridade minha, que eu espero que você descubra e considere divertida quando ler esta carta.

Seja forte.

Seja cuidadosa.

Seja conscienciosa. Nunca se ganha nada quando se escolhe o caminho fácil. (A não ser, é claro, que o caminho já seja fácil de qualquer maneira. Isso às vezes acontece. Se for o caso, não invente um caminho novo e mais difícil. Só os mártires saem por aí procurando problemas.)

Ame os seus irmãos. Você já tem dois e, se Deus quiser, terá outros um dia. Ame-os muito, porque eles são sangue do seu sangue, e, quando se sentir insegura ou os tempos forem difíceis, serão eles que ficarão ao seu lado.

Ria. Ria alto, e sempre. E, quando as circunstâncias pedirem silêncio, transforme sua gargalhada em um sorriso.

Não se acomode. Saiba o que quer e corra atrás. Se não souber o que quer, seja paciente. As respostas chegarão no tempo devido, e pode ser que você venha a descobrir que o que o seu coração deseja estava bem debaixo do seu nariz o tempo todo.

E lembre-se, lembre-se sempre de que você tem uma mãe e um pai que se amam e que amam você.

Sinto que você está ficando inquieta. Seu pai está fazendo sons estranhos e, com certeza, vai perder a calma se eu não sair logo do escritório e for para a cama.

Seja bem-vinda ao mundo, minha pequena. Estamos todos muito felizes com a sua chegada.

– de Eloise, lady Crane, para sua filha Penelope, quando ela nasceu

ELOISE, DE ACORDO COM SUA FAMÍLIA...

– *Você* faz a vida acontecer, Eloise – continuou Anthony.
– Você sempre tomou suas decisões, sempre esteve no controle. Às vezes pode não parecer, mas é verdade.

Para sir Phillip, com amor

– Essa menina seria capaz de fazer Napoleão confessar seus segredos.

VIOLET, *Um perfeito cavalheiro*

Francesca seria capaz de dar a vida pela irmã, é claro, e sem dúvida não existia outra pessoa que conhecesse melhor seus segredos e pensamentos mais íntimos, mas isso não a impedira de passar metade do tempo com vontade de estrangulá-la.

O conde enfeitiçado

Havia *duas* coisas marcantes em suas ações – ela gostava de agir com rapidez e era persistente. Penelope uma vez dissera que ela parecia um cachorro agarrado a um osso.

E Penelope não estava brincando.

Para sir Phillip, com amor

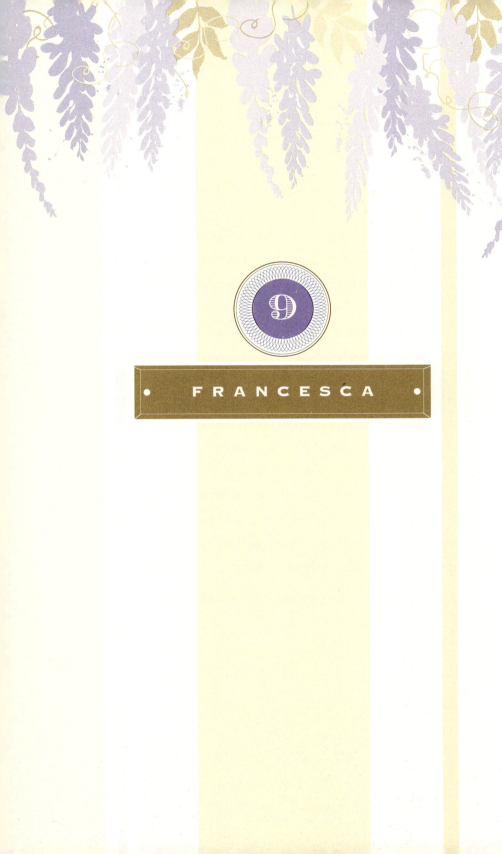

*F*rancesca Stirling, a condessa de Kilmartin, usou azul uma noite dessas.

Não foi preto, cinza nem lilás, caro leitor. Azul.

Isso só pode significar uma coisa. E não é a explicação dada pela Srta. Hyacinth Bridgerton, irmã da dama em questão: "Ora, ela *gosta* da cor azul." (Obrigada, Hyacinth.)

Francesca Stirling, a condessa viúva de Kilmartin, está pensando em se casar de novo.

E antes que alguém ache que essa é uma suposição séria demais para se fazer com base na cor de um vestido, a Srta. Eloise Bridgerton afirmou sem rodeios: *A condessa viúva está realmente considerando a possibilidade de se casar novamente.* Mas até ela admitiu ter ficado surpresa com as intenções da irmã.

Algo, porém, natural vindo de lady Kilmartin, sempre a mais reservada de sua família. Parece que quando esta autora chega a saber de alguma coisa que a terceira filha Bridgerton fez, tanto tempo se passou que já pode se considerar notícia antiga.

CRÔNICAS DA SOCIEDADE DE LADY WHISTLEDOWN, 1824

UM PERFEITO CAVALHEIRO

— Mamãe já falou pelo menos *mil* vezes... – disse Hyacinth, de 14 anos.

— Mil vezes? – retrucou Francesca, com as sobrancelhas arqueadas.

— Cem vezes – corrigiu Hyacinth, olhando com irritação para a irmã mais velha – que você não precisa trazer suas costuras para o chá.

Agora foi a vez de Sophie conter um sorriso.

— Eu me sentiria muito ociosa se não trouxesse.

— Bem, eu não vou trazer meu bordado – anunciou Hyacinth, não que alguém tivesse pedido.

— Está se sentindo ociosa? – quis saber Francesca.

— Nem um pouco – respondeu Hyacinth.

Francesca se virou para Sophie.

— Você está fazendo Hyacinth se sentir ociosa.

— Não estou! – protestou Hyacinth.

Violet tomou um gole do chá.

— Você está trabalhando no mesmo bordado há um bom tempo, Hyacinth. Desde fevereiro, se não me falha a memória.

— A memória dela nunca falha – disse Francesca a Sophie.

Hyacinth olhou para Francesca, que sorriu ao levar a xícara aos lábios.

Sophie tossiu para esconder o próprio sorriso. Francesca, que aos 20 anos era apenas um ano mais jovem do que Eloise, tinha um senso de humor mordaz e apurado. Algum dia, Hyacinth seria como ela, mas não ainda.

O CONDE ENFEITIÇADO

Ela não gostava de ser contrariada e, sem dúvida, detestava admitir que talvez não pudesse arrumar o seu mundo — e as pessoas que nele habitavam — de acordo com a sua vontade.

PARA SIR PHILLIP, COM AMOR

— E o que a senhora disse para Francesca? — perguntou Eloise.

— Hã?

Grande correria na Bruton Street. A viscondessa de Bridgerton e seu filho Benedict foram vistos saindo às pressas da casa dela na manhã da sexta-feira. O Sr. Bridgerton quase jogou a mãe dentro de uma carruagem e os dois partiram em alta velocidade. Francesca e Hyacinth Bridgerton foram vistas paradas na porta, e esta autora soube de fonte segura que a primeira foi ouvida pronunciando uma palavra extremamente indigna de uma dama.

CRÔNICAS DA SOCIEDADE
DE LADY WHISTLEDOWN,
16 DE JUNHO DE 1817

— Francesca — repetiu Eloise, referindo-se à irmã mais nova, que se casara havia seis anos e tragicamente ficara viúva em dois anos. — O que a senhora disse quando ela se casou? A senhora falou de Daphne, mas não de Francesca.

Os olhos azuis de Violet se anuviaram, como sempre acontecia quando pensava na terceira filha, que ficara viúva tão jovem.

— Você conhece a Francesca. Acredito que *ela* poderia ter me ensinado uma ou outra coisa.

Eloise se engasgou.

— Não estou querendo dizer que ela sabia de algo por experiência própria, é claro — apressou-se Violet em acrescentar. — Mas você conhece a Francesca. Ela é tão esperta e inteligente... Imagino que tenha subornado alguma pobre criada para lhe explicar tudo anos antes.

Eloise assentiu. Não queria contar à mãe que ela e Francesca tinham juntado dinheiro para subornar a criada. Mas valera cada centavo. A explicação de Annie Mavel fora bem detalhada e, como Francesca lhe informara depois, absolutamente correta.

O CONDE ENFEITIÇADO

Francesca passou mais geleia no muffin.

— Estou comendo, Hyacinth.

A irmã mais nova deu de ombros.

— Eu também, mas isso não me impede de ter uma conversa inteligente.

— Eu vou matá-la – disse Francesca para ninguém em especial.

O que provavelmente era uma boa coisa, visto que não havia mais ninguém presente.

— Com quem está falando? – indagou Hyacinth.

— Com Deus – devolveu Francesca. – E acredito ter recebido permissão divina para assassiná-la.

— Humpf – foi a resposta de Hyacinth. – Se fosse fácil assim, eu teria pedido permissão para eliminar metade da alta sociedade há anos.

Francesca decidiu, então, que nem todos os comentários da irmã precisavam de réplica. Na verdade, poucos precisavam.

Francesca não gostava de achar que era covarde, mas entre ser covarde e tola, escolhia a primeira opção. De bom grado.

Francesca não pôde deixar de sorrir.

— Eu quero — disse, baixinho. — Quero um bebê.

— Imaginei que sim.

— Por que nunca me perguntou a respeito?

Violet inclinou a cabeça para o lado.

— Por que nunca me perguntou por que nunca me casei outra vez?

Francesca sentiu os lábios se entreabrirem. Não deveria se surpreender tanto com a sensibilidade da mãe.

— Se você fosse Eloise, eu acho que teria dito alguma coisa — acrescentou Violet. — Ou, pensando bem, qualquer uma das suas irmãs. Mas você... — Ela deu um sorriso nostálgico. —Você não é igual a elas. Nunca foi. Mesmo quando criança, se distinguia. E precisava de distância.

Impulsivamente, Francesca estendeu a mão e apertou a da mãe.

— Eu amo a senhora, sabia?

Violet sorriu.

— Confesso que desconfiava.

Ninguém jamais lhe dissera quão triste se sentiria. Quem teria *pensado* em lhe dizer algo do gênero? E mesmo que isso tivesse acontecido, ainda que sua mãe, que também ficara viúva jovem, tivesse explicado a dor, como poderia ter compreendido?

Era o tipo de coisa que só se entendia sentindo. E como Francesca gostaria de não fazer parte daquele clube de melancólicos...

*Havia muitos sentimentos
a temer na vida, mas a
estranheza não deveria ser
um deles.*

O CONDE ENFEITIÇADO

— O fato é que — continuou Kate — a maior parte da humanidade tem mais cabelos do que inteligência na cabeça. Se quer que as pessoas saibam que você está disponível para se casar de novo, precisa deixar isso bem claro. Ou, melhor, nós deixaremos claro por você.

Francesca teve visões horríveis de seus familiares perseguindo os homens até os pobres coitados saírem correndo aos berros em direção à saída.

A CAMINHO DO ALTAR

Sempre pensara que era um lugar estranho para um banco, de frente para um monte de árvores e nada mais. Mas talvez fosse esse o ponto. Deixar para trás a casa — e seus muitos moradores. Sua irmã Francesca dissera muitas vezes que, depois de um dia ou dois com toda a família Bridgerton, as árvores podiam ser uma ótima companhia.

Mas ela não era assim. Sempre se sentira um pouco diferente do resto da família. Amava-os com fervor e daria a vida por qualquer um deles, mas, embora por fora se parecesse com uma Bridgerton, por dentro sempre tivera a sensação de ter sido trocada quando pequena.

O CONDE ENFEITIÇADO

O CONDE ENFEITIÇADO

Jamais sonhara que Michael pudesse guardar segredos dela. *Dela!* De todo o resto do mundo, talvez, mas não dela.

Esse pensamento a fazia sentir-se desestabilizada, desequilibrada. Quase como se alguém tivesse virado seu mundo de cabeça para baixo. Independentemente do que ela fizesse, independentemente do que pensasse, ainda assim tinha a sensação de estar caindo. Onde ia parar, não sabia dizer, e também não ousava arriscar um palpite.

Só sabia que o chão definitivamente não se encontrava mais firme sob seus pés.

— Não acredito que ninguém tenha me contado.

— Você está na Escócia há algum tempo...

— Ainda assim.

Michael se limitou a rir de sua contrariedade.

— É como se eu não existisse — comentou ela, irritada a ponto de lhe lançar seu olhar mais feroz.

— Ora, eu não diria...

— Ninguém sequer se lembrou de mim! — disse ela, com grande afetação.

— Frannie... — A esta altura, ele parecia estar se divertindo.

— "Alguém contou a Francesca?" — prosseguiu ela, criando uma ótima representação de sua família. — "Lembra-se dela? A sexta irmã? A dos olhos azuis?"

— Frannie, não seja boba.

— Não estou sendo boba, apenas ignorada.

— Eu sempre achei que gostasse de se manter um pouco distante da família.

— Bem, sim – resmungou ela –, mas isso não vem ao caso.

Ela amava Michael.

Não só como amigo, mas como marido. Amava-o com a profundidade e com a intensidade que sentira por John. Era diferente porque eram homens diferentes, e ela também tinha se tornado diferente. Mas ainda era o amor de uma mulher por um homem, e preenchia cada centímetro do seu coração.

FRANCESCA, DE ACORDO COM SUA FAMÍLIA...

Eloise queria as irmãs. Não Hyacinth, que só tinha 21 anos e não sabia nada sobre os homens. Preferia falar com uma das irmãs casadas. Daphne, por exemplo, que sempre sabia o que dizer, ou Francesca, que nunca falava o que se queria ouvir, mas mesmo assim conseguia sempre arrancar um sorriso da pessoa.

Para sir Phillip, com amor

... você gostaria daqui. Acho que não iria apreciar o calor; ninguém parece gostar disso. Mas o resto a encantaria. As cores, os temperos, o aroma no ar são capazes de nos cercar em uma névoa estranha e sensual que pode ser, dependendo do momento, inquietante e inebriante. Acima de tudo, acho que adoraria os jardins. São bastante parecidos com os parques londrinos, mas muito mais verdes, luxuriantes e repletos das flores mais impressionantes que já se viu. Você sempre gostou de estar cercada pela natureza; iria adorar isto aqui, tenho certeza.

– DE MICHAEL STIRLING (O NOVO CONDE DE KILMARTIN) PARA A CONDESSA DE KILMARTIN, UM MÊS APÓS A SUA CHEGADA À ÍNDIA

O conde enfeitiçado

... sim, é claro. Francesca é um prodígio. Mas você já sabia disso, não é mesmo?

– DE HELEN STIRLING PARA O FILHO, O CONDE DE KILMARTIN, DOIS ANOS E NOVE MESES APÓS A SUA PARTIDA PARA A ÍNDIA

O conde enfeitiçado

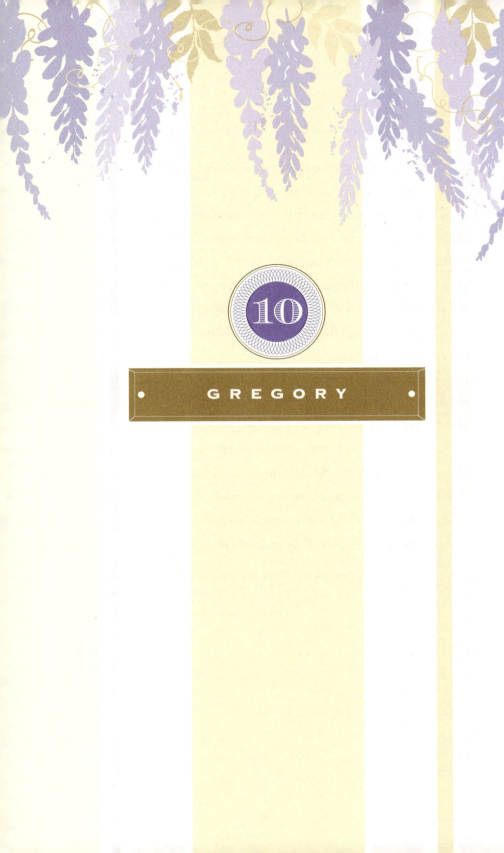

10

GREGORY

Os homens podem debutar na sociedade? Se isso for possível, foi o que o Bridgerton mais jovem — a saber, Gregory, para aqueles que não habitam este planeta — fez na última quinta-feira, no baile anual dos Danburys. Corações femininos ficaram previsivelmente agitados, já que o Bridgerton versão G guarda forte semelhança com os Bridgertons versões A, B e C. Ao contrário de A e B, no entanto, G é solteiro, portanto disponível, e, ao contrário de C, encontra-se convenientemente dentro dos limites de nossa grande nação.

A propósito, onde está Colin Bridgerton no momento? No norte da França? No sul da Espanha? Na Baixa Saxônia? Esta autora não saberia dizer.

Mas voltemos ao jovem senhor Gregory. Esta autora teme que, se a sociedade precisa ter um irmão Bridgerton na cena social, terá de se contentar com o mais moço. A versão G estará à altura da tarefa? A julgar pela reação de todas as moças solteiras — com exceção de sua irmã Hyacinth —, a resposta é sim.

CRÔNICAS DA SOCIEDADE DE LADY WHISTLEDOWN,
1823

A CAMINHO DO ALTAR

Ao contrário da maioria dos homens que conhecia, Gregory Bridgerton acreditava em amor verdadeiro.

E seria um tolo se não acreditasse.

Porque seu irmão mais velho, Anthony; sua irmã mais velha, Daphne; e seus outros cinco irmãos – Benedict, Colin, Eloise, Francesca e Hyacinth – eram todos – *todos* – perdidamente apaixonados por seus cônjuges.

Para a maioria dos homens, esse fato apenas os faria revirar os olhos e querer vomitar, mas para Gregory – que havia nascido com uma animação excepcional, ainda que (de acordo com sua irmã mais nova) às vezes pudesse ser bem irritante – isso significava apenas que ele não tinha escolha além de acreditar no óbvio: o amor existia.

Gregory era, sem dúvida, um homem bem típico de Londres, com uma confortável – embora de maneira nenhuma extravagante – mesada, muitos amigos e um senso de responsabilidade bom o suficiente para saber quando deixar uma mesa de jogo. Era considerado um bom partido no mercado de casamentos, ainda que não estivesse exatamente no topo da lista (os filhos mais novos nunca atraem muita atenção), e era sempre procurado quando as senhoras da alta sociedade precisavam de um homem solteiro e respeitável para equilibrar o número de convidados em seus jantares.

— É reconfortante ter uma família, eu acho. É uma sensação de... *certeza*, digamos... Sei que eles estão lá. Quer eu esteja em apuros ou só precisando de uma boa conversa, sempre posso recorrer a eles.

— Eu tenho um irmão — comentou Lucy. — Ele adora me atormentar.

Gregory assentiu gravemente com a cabeça.

— É o que os irmãos devem fazer.

— O senhor atormenta suas irmãs?

— Em geral, só a mais nova.

— Porque ela é a caçula.

— Não, porque ela merece.

UM BEIJO INESQUECÍVEL

— Bem – disse ele, com um suspiro afetado –, pelo menos você tem a minha aprovação.

— Por quê? – perguntou Hyacinth, desconfiada.

— Seria um belo casal. Pense só nos filhos.

Ela sabia que ia se arrepender, mas, ainda assim, teve que perguntar:

— Que filhos?

Ele abriu um sorriso torto.

— *Off lindof filhinhof de língua preva que vofêf poderiam ter juntof. Gareff e Hyafinff. Hyafinff e Gareff. E af fublime crianfinhaf Faint Clair.*

Hyacinth o fitou como se ele fosse um idiota. O que ele era, na verdade.

— Não sei como a mamãe conseguiu dar à luz sete filhos perfeitamente normais e uma aberração.

— *O berfário fica por aqui.* – Gregory ria enquanto ela entrava no quarto. – *Off delifiosof Farinha e Famuel Faint Clair. Ah, fim, e não nof esquefamof da pequenina Fuvannah!*

GREGORY 165

— *Os homens não fofocam.*
Nós conversamos.

A CAMINHO DO ALTAR

PARA SIR PHILLIP, COM AMOR

— Estou saindo da competição – murmurou Gregory. – Ainda nem tomei o café da manhã.

— Você vai ter de pedir mais – avisou Colin. – Acabei com tudo.

Gregory suspirou, irritado.

— É um espanto que, sendo o mais novo, eu não tenha morrido de fome – resmungou.

Colin deu de ombros.

— Se quiser comer, você tem que correr.

Anthony olhou para os dois com ar de desgosto.

— Quantos anos vocês têm? Três? – perguntou.

A CAMINHO DO ALTAR

— Creio que vou me juntar ao clero... Eu não tenho muitas opções – respondeu Gregory. E, à medida que as palavras saíam, ele percebeu que era a primeira vez que as enunciava. Isso de alguma forma as tornava mais reais, mais permanentes. – Ou me torno militar ou entro para o clero e, bem, isso tem que ser dito, tenho uma péssima pontaria.

＊

— Como vai a sua corte? — perguntou Kate a ele.

Anthony ficou todo interessado.

— Sua corte? — ecoou, o rosto assumindo a habitual expressão *me obedeça, sou o visconde*. — Quem é ela?

Gregory lançou a Kate um olhar irritado. Ele não havia compartilhado seus sentimentos com o irmão. Não sabia bem por quê, mas em parte era por não ter visto Anthony com muita frequência nos últimos dias. De qualquer forma, não parecia o tipo de coisa a ser compartilhada com um irmão. Sobretudo com um que estava bem mais para pai do que irmão.

Isso sem falar... Que se ele não tivesse sorte...

Bem, não iria querer que sua família soubesse.

Mas ele *ia* conseguir. Por que estava duvidando de si mesmo? Mesmo antes, quando a Srta. Watson ainda o tratava como um estorvo, ele tinha certeza do resultado. Não fazia sentido que agora, que a amizade dos dois crescia, ele de repente questionasse suas possibilidades de sucesso.

Kate, como era de esperar, ignorou a irritação de Gregory.

— Adoro quando você não sabe de alguma coisa — disse ela ao marido. — Principalmente quando eu sei.

Anthony se virou para Gregory.

— Tem certeza de que quer se casar com uma dessas?

— Não com essa, exatamente — respondeu Gregory. — Mas com uma bem parecida.

*

Aquilo era tudo o que imaginara que o amor seria. Enorme, repentino e completamente emocionante.

E, de alguma forma, ao mesmo tempo esmagador.

*

Era uma coisa maravilhosa os homens não poderem ter filhos. Gregory não tinha nenhuma vergonha em admitir que a raça humana teria se extinguido gerações antes.

*

— Não vou dizer uma palavra — prometeu Hyacinth, acenando com a mão como se nunca tivesse participado de nenhuma fofoca na vida.

Gregory bufou.

— Ah, *por favor*.

— Não vou — repetiu ela. — Sou ótima para guardar segredos, desde que eu *saiba* que é um segredo.

— Ah, então o que você quer dizer é que não tem nenhum senso de discrição?

Hyacinth estreitou os olhos.

Gregory levantou as sobrancelhas.

— Quantos *anos* vocês têm? — ralhou Violet. — Meu Deus, vo-

Ele acreditava no amor. Essa não era a única coisa da qual ele tinha certeza na vida? Acreditava no poder do amor, em sua benevolência fundamental, em sua justiça. Ele o reverenciava por sua força e o respeitava por sua preciosidade. E soube, bem ali, naquele momento, enquanto Lucy chorava em seus braços, que seria capaz de fazer qualquer coisa por isso. Pelo amor.

A CAMINHO DO ALTAR

cês não mudaram nada desde que largaram os cueiros. Daqui a pouco estarão puxando o cabelo um do outro.

Gregory cerrou a mandíbula e olhou resolutamente para a frente. Nada como uma repreensão da mãe para fazer a pessoa se sentir uma criança.

Graças à sua péssima pontaria, ele não conseguia acertar nada que se movesse, e era ótimo não precisar caçar a própria comida.

— Acha que o amor pode ser diferente dependendo da pessoa? Se a senhorita amasse alguém, verdadeira e profundamente, não seria... *tudo*?

Gregory se sentou na extremidade oposta do banco e começou a despedaçar o pão. Quando tinha um punhado de bom tamanho, atirou-os todos de uma vez, em seguida aprumou-se para assistir ao frenesi de bicos e penas que se seguiu.

Já Lucy jogava suas migalhas metodicamente, uma após a outra, com precisos três segundos de intervalo, como ele pôde observar.

— Eles me abandonaram — comentou ela, franzindo a testa.

Gregory riu quando o último pombo pulou para o banquete Bridgerton. E atirou outro punhado.

— Sempre ofereço as melhores festas.

Ele nunca procurara os irmãos para pedir ajuda, nunca recorrera a eles para sair de uma situação difícil. Era um homem relativamente jovem e já saíra para beber, jogar, flertar.

Mas nunca tinha bebido demais, ou apostado mais do que tinha, ou, até a noite anterior, flertado com uma mulher que arriscava a reputação para estar com ele.

Nunca tinha procurado ser responsável, mas também jamais fora atrás de problemas.

Seus irmãos sempre o viram como um garoto. Mesmo agora, aos 26 anos, ele suspeitava que não o encaravam como um adulto. E, assim, ele não pedia ajuda. Não se colocava em nenhuma situação em que pudesse precisar de alguém.

Até agora.

As chances estavam todas contra ele. Mas Gregory sempre tivera o costume de torcer para o azarão. E, se havia algum senso de justiça no mundo, alguma equidade existencial no ar... Se *Faça aos outros o que gostaria que fizessem com você* garantia algum tipo de retorno, com certeza ele merecia.

O amor existia. Ele sabia que sim. E estaria perdido se não existisse para ele.

GREGORY, DE ACORDO COM SUA FAMÍLIA...

Eloise se virou em direção aos irmãos e indicou um de cada vez enquanto os apresentava:

– Anthony, Benedict, Colin, Gregory. Os três primeiros são meus irmãos mais velhos – acrescentou ela. – Este aqui é uma criança – continuou, indicando Gregory com desprezo.

Para sir Phillip, com amor

– Só estou tentando dizer que você nunca teve de se esforçar muito para alcançar seus objetivos.
Se isso é um resultado de suas habilidades ou de seus objetivos, eu não tenho certeza.

VIOLET, *A caminho do altar*

Violet deixou escapar um suspiro.

– Hyacinth, eu declaro que você será a responsável pela minha morte.

– Não, não serei – replicou a jovem. – Gregory será.

Os segredos de Colin Bridgerton

11
HYACINTH

A Srta. Hyacinth Bridgerton debutou esta semana e, ainda que tenha se portado admiravelmente, fazendo uma reverência extremamente graciosa ao ser apresentada ao rei, não escapou ao olhar desta autora que a mãe da moça a observava como a proverbial águia, a expressão vagamente apreensiva o tempo todo.

Foi quase como se lady Bridgerton previsse um desastre.

CRÔNICAS DA SOCIEDADE DE LADY WHISTLEDOWN, 1821

O DUQUE E EU

— Vocês, moças da família Bridgerton, são muito exigentes, sabia disso?

Hyacinth olhou para ele com um misto de desconfiança e alegria. A desconfiança afinal venceu. Suas mãos foram parar nos jovens quadris quando ela estreitou os olhos e perguntou:

— O senhor está brincando comigo?

Ele sorriu para ela.

— O que a senhorita acha?

— Acho que sim.

— Pois eu acho que tenho sorte de não haver nenhuma poça por aqui.

A menina pensou por um instante.

— Se decidir se casar com minha irmã – disse ela, fazendo Daphne se engasgar com um biscoito –, terá minha aprovação.

Simon não estava comendo nada, mas também se engasgou.

— Mas, se não se casar com ela – continuou Hyacinth, sorrindo timidamente –, eu ficaria muito agradecida se esperasse por mim.

UM BEIJO INESQUECÍVEL

— Eu achava que a única coisa que tornaria a minha vida melhor seria um pai.

Ele ficou em silêncio.

— Sempre que eu me zangava com a minha mãe — continuou ela, ainda próxima à porta — ou com um dos meus irmãos, eu costumava pensar: *Se ao menos eu tivesse um pai... Tudo seria perfeito e ele certamente estaria sempre a meu favor.* — Hyacinth ergueu o olhar, os lábios curvados num encantador sorriso torto. — Ele não teria feito isso, é claro, já que na maioria das vezes eu estava errada. Mas me dava certo conforto pensar nisso.

— *Touché*, Srta. Bridgerton.

Hyacinth suspirou, feliz.

— Minhas três palavras favoritas.

— Não sei muito bem se você reconheceria o tipo certo de homem para você se ele chegasse à nossa porta montado num elefante — disse Violet.

— Imagino que o elefante seria uma indicação bastante precisa de que eu não deveria escolhê-lo.

Na realidade, ninguém parecia desgostar de Hyacinth — havia certo encanto que fazia com que todos a vissem com bons olhos —, mas achava-se que era melhor encará-la em pequenas doses.

— Nenhum homem gosta de mulheres mais inteligentes que ele — um dos amigos mais sagazes de Gareth comentara —, e Hyacinth Bridgerton não é do tipo que se faça de tola.

— Sei que é considerado inconveniente demonstrar os próprios sentimentos — começou Violet —, e eu nunca sugeriria que você fizesse qualquer coisa que pudesse ser considerada teatral, mas às vezes ajuda dizer a alguém como você se sente.

Hyacinth ergueu os olhos, enfrentando o olhar da mãe.

— Eu raramente tenho dificuldade em dizer às pessoas como me sinto.

— Diga-me, Hyacinth — começou lady D., inclinando-se à frente —, como andam as suas perspectivas ultimamente?

— A senhora está parecendo a minha mãe — comentou Hyacinth com doçura.

— Um enorme elogio. Gosto da sua mãe, e olha que gosto de muito pouca gente.

— Direi isso a ela.

— Ora, ela já sabe e você está evitando a pergunta.

— As minhas perspectivas, como a senhora chamou tão delicadamente, são as mesmas de sempre.

— Aí está o problema: minha cara menina, você precisa de um marido.

— Tem certeza de que a minha mãe não está escondida atrás das cortinas, lhe passando as falas?

— Viu só? — disse lady Danbury com um enorme sorriso. — Eu seria, sim, boa no palco.

Hyacinth se limitou a encará-la.

— A senhora enlouqueceu, sabia?

— Apenas estou velha o bastante para dizer de imediato o que penso. Quando chegar à minha idade, você vai adorar, prometo.

— Eu já faço isso.

— Verdade. Provavelmente é por isso que continua solteira.

— Eu não ligo de não ser uma unanimidade. Se eu quisesse que todo mundo gostasse de mim, teria que ser boazinha e encantadora, sem graça e enfadonha o tempo todo, e isso não seria nada divertido, certo?

UM BEIJO INESQUECÍVEL

– Eu adoro ter razão – disse
Hyacinth, triunfante. – É
uma felicidade para mim, pois
isso acontece com bastante
frequência.

UM BEIJO INESQUECÍVEL

OS SEGREDOS DE COLIN BRIDGERTON

Violet se sentou ao lado de Hyacinth, em frente a Penelope e Eloise.

— Por favor, Penelope, nos conte por que Colin nos instruiu a grudarmos em você como cola.

— Eu lhes garanto que não sei.

Violet estreitou os olhos, como se avaliasse a sinceridade de Penelope.

— Ele foi bastante enfático. Até sublinhou a palavra *cola*...

— Sublinhou duas vezes — acrescentou Hyacinth. — Se ele tivesse sido só um pouco mais enfático eu teria ido pessoalmente buscá-la em casa com a carruagem.

UM BEIJO INESQUECÍVEL

— Do que é que vocês estão falando?

— Se você não sabe – disse lady Danbury de forma imponente –, então é porque não vem prestando atenção. Você deveria se envergonhar.

Hyacinth ficou de queixo caído.

— Bem... – começou ela, já que a alternativa era permanecer em silêncio e ela não gostava nem um pouco de fazer isso.

— Por que você ainda não se casou? – repetiu Violet. – Vai querer se casar algum dia?

— É claro que sim.

Ela já queria. Mais do que seria capaz de admitir, provavelmente até mais do que se dera conta até aquele exato momento. Olhou para a mãe e viu uma matriarca, uma mulher que amava a família com uma ferocidade que levava às lágrimas. Naquele instante, Hyacinth percebeu que desejava amar com aquela ferocidade. Queria filhos. Queria uma família.

Mas isso não significava que estava disposta a se casar com qualquer um. Hyacinth era pragmática: ficaria satisfeita em se casar com alguém que não amasse, contanto que ele combinasse com ela em todos os outros aspectos. Mas, minha nossa, seria demais pedir um cavalheiro com um pouquinho de inteligência?

— Ela é um tanto diabólica — disse Gregory. — Deve ser por isso que não conseguimos casá-la.

— Gregory! — exclamou Hyacinth.

Lady Bridgerton só não falou nada porque já pedira licença e seguira um dos lacaios até o corredor.

— É um elogio! — protestou Gregory. — Você é mais inteligente do que qualquer um dos pobres tolos que tentaram cortejá-la. Você não esperou a vida toda para que eu admitisse?

— Você pode achar difícil de acreditar, mas eu não me deito toda noite pensando: *Oh, como eu gostaria que meu irmão me fizesse algo que a sua mente deturpada acredita ser um elogio.*

— Por que tenho a impressão de que você está registrando a pontuação de tudo e, quando eu menos esperar, vai saltar na minha frente exigindo algum favor?

Hyacinth pestanejou, aturdida.

— E por que eu haveria de saltar?

Lady Danbury bateu a bengala no chão, errando o pé direito de Hyacinth por pouco.

— Por acaso vocês viram o meu neto? — perguntou.

— Qual neto? — indagou Hyacinth.

— Qual neto?! — ecoou lady D., impaciente. — Qual neto?! O único de que eu gosto, ora.

Hyacinth nem mesmo se deu o trabalho de ocultar o choque.

— O Sr. St. Clair vem esta noite?

— Eu sei, eu sei — cacarejou lady D. — Eu mesma mal consigo acreditar. Fico esperando que um feixe de luz divina se irradie através do teto.

Penelope franziu o nariz.

— Acho que isso é uma blasfêmia, mas não estou certa.

— Não é — assegurou Hyacinth, sem nem mesmo olhá-la. — E por que ele vem?

Lady Danbury sorriu lentamente. Como uma cobra.

— Por que está tão interessada?

— Estou *sempre* interessada em intrigas — respondeu Hyacinth, bem francamente. — Sobre qualquer um. A senhora já deveria saber disso.

— E eu sei — prosseguiu ela, deixando escapar uma respiração curta e entrecortada, como se não acreditasse no que estava prestes a dizer — que, com frequência, é bastante difícil me amar.

De repente, Gareth viu que certas coisas apenas se sabem, e não há como explicá-las. Enquanto a observava, teve apenas um pensamento: *Não*.

Não.

Seria muito fácil amar Hyacinth Bridgerton.

Não sabia de onde havia saído aquele pensamento ou qual canto estranho do seu cérebro chegara a tal conclusão, porque estava certo de que seria quase impossível *conviver* com ela — embora soubesse, de alguma forma, que não seria nem um pouco difícil amá-la.

Gareth se virou para Gregory.

— Sua irmã estará em segurança em minha companhia. Eu lhe dou a minha palavra.

— Ah, não estou preocupado com isso — falou Gregory com um sorriso afável. — A verdadeira questão é: você estará em segurança na companhia dela?

O CONDE ENFEITIÇADO

— Não é cortês espalhar boatos, Hyacinth — observou Violet.

— Mas não são boatos — devolveu Hyacinth. — É uma franca disseminação de informações.

HYACINTH, DE ACORDO COM SUA FAMÍLIA...

... sei que o rosto do Sr. Wilson lembra ligeiramente o de um anfíbio, mas queria muito que você aprendesse a ser um pouco mais prudente com relação ao que diz. Por mais que eu nunca vá considerá-lo um pretendente razoável para me casar, ele certamente não é um sapo, e não convém que minha irmã caçula o chame assim, ainda mais na frente dele.

– DE ELOISE BRIDGERTON PARA SUA IRMÃ HYACINTH,
QUANDO RECUSOU O QUARTO PEDIDO DE CASAMENTO

Para sir Phillip, com amor

– Eu não torturo Hyacinth porque *gosto* – respondeu Gregory. – Faço isso porque é *necessário*.

– Para quem?

– Para toda a Grã-Bretanha. Confie em mim.

A caminho do altar

– Você entrou para a família por casamento. Tem que me amar. É uma obrigação contratual.

– Engraçado, mas eu não me lembro dessa parte nos votos matrimoniais.

– Engraçado: eu lembro perfeitamente.

Penelope a encarou e riu.

– Não sei como você faz isso, Hyacinth... Apesar de ser irritante, sempre consegue ser encantadora.

Um beijo inesquecível

– Você sabe que a amo muito, Hyacinth, mas o fato é que você gosta de estar em posição de vantagem em qualquer conversa.

VIOLET, *Um beijo inesquecível*

12

VIOLET

Violet Bridgerton parece ser a mãe preferida da aristocracia. Ela é famosa por seu desejo de ver os filhos casados e felizes, e já conseguiu despachar quatro deles para as bênçãos dos laços matrimoniais. Porém, querido leitor, esses quatro são apenas quatro de oito e não é preciso ser exímio em matemática para compreender que ela ainda está a meio caminho de seu objetivo final.

Será que lady Bridgerton avançará um pouco em direção à linha de chegada nesta temporada social? Esta autora hesita em fazer previsões, mas, se pressionada, estaria mais inclinada a achar improvável. Os dois filhos mais novos de lady Bridgerton – Gregory e Hyacinth – ainda estão longe da idade de se casar. E os outros dois ainda solteiros – Colin e Eloise – não mostram qualquer inclinação para fazê-lo.

Mas com certeza lady Bridgerton deve encontrar conforto e prazer em seu crescente bando de netos. Sete, na última contagem: quatro do duque e da duquesa de Hastings, dois do visconde e da viscondessa Bridgerton, e um do Sr. e da Sra. Benedict Bridgerton (os nomes, para os que dão valor a esse tipo de informação, são: Amelia, Belinda, Charlotte, David, Edmund, Miles e Charles).

Ah, eu disse sete? Apenas alguns momentos antes de esta publicação ser enviada à prensa, esta autora ouviu um rumor: Sophie Bridgerton está esperando seu segundo filho. Parabéns à vovó Violet!

 CRÔNICAS DA SOCIEDADE DE LADY WHISTLEDOWN, 1819

UM PERFEITO CAVALHEIRO

— E obrigada por dançar com Penelope — concluiu Violet de maneira enfática.

Benedict ofereceu à mãe um meio sorriso irônico. Os dois sabiam que ela dissera isso como um lembrete, não um agradecimento.

O DUQUE E EU

"Não estou gostando do seu tom" era a resposta padrão de sua mãe quando um dos filhos estava ganhando uma discussão.

UM BEIJO INESQUECÍVEL

— Além disso — acrescentou ela, pensando em como St. Clair sempre a olhava de um jeito vagamente condescendente —, não acho que ele goste muito de mim.

— Bobagem — replicou Violet, com todo o ultraje de uma mãe protetora. — Todo mundo gosta de você.

Hyacinth pensou nisso por um instante.

— Não. Não acho que todo mundo goste.

— Hyacinth, eu sou sua mãe e sei...

— Mãe, você é a última pessoa a quem qualquer um diria não gostar de mim.

O DUQUE E EU

Violet piscou rapidamente e Daphne percebeu que havia lágrimas nos olhos da mãe. Pensou que ninguém lhe dava flores. Pelo menos não desde a morte de seu pai, dez anos antes. Violet era uma mãe tão boa que a menina esquecera que ela era também uma mulher.

Os Bridgertons são, de longe, a família mais fértil da alta sociedade. Essa qualidade da viscondessa e do falecido visconde é admirável, embora se possa dizer que suas escolhas de nomes para os filhos sejam bastante infelizes. Anthony, Benedict, Colin, Daphne, Eloise, Francesca, Gregory e Hyacinth. É claro que a organização é sempre algo benéfico, mas seria de esperar que pais inteligentes fossem capazes de lembrar a ordem de nascimento dos filhos sem precisar escolher seus nomes em ordem alfabética.

CRÔNICAS DA SOCIEDADE
DE LADY WHISTLEDOWN,
26 DE ABRIL DE 1813

O CONDE ENFEITIÇADO

— Ah, a culpa não é da sua mãe — disse lady D. — Ela não pode ser responsabilizada pela superpopulação de gente sem graça em nossa sociedade. Por Deus, ela fez oito de vocês e não há um único idiota no grupo. — Ela lançou um olhar carregado de significado para Francesca. — Aliás, pode considerar isso um elogio.

PARA SIR PHILLIP, COM AMOR

Violet sempre pareceu saber exatamente do que os filhos precisavam, o que era mesmo incrível, já que eles eram oito — oito personalidades muito diferentes, cada uma com esperanças e sonhos únicos.

UM BEIJO INESQUECÍVEL

— Mãe — disse Hyacinth com uma expressão de grande solicitude —, a senhora sabe que eu a amo imensamente...

— Quando uma frase começa desse jeito, nunca vem nada de bom.

UM PERFEITO CAVALHEIRO

— Não é minha culpa se todos os meus filhos são tão parecidos.

— Se a culpa não é sua, de quem é, então? — perguntou Benedict.

— Do seu pai, é claro — retrucou Violet alegremente. Então se virou para Sophie: — Todos são idênticos ao meu finado marido.

— Logo você vai aprender que todos os homens têm uma necessidade inexplicável de colocar a culpa em alguém quando fazem papel de bobos.

O DUQUE E EU

UM BEIJO INESQUECÍVEL

— Mas não é isso que quero lhe dizer — continuou Violet, com um olhar decidido. — Quando você nasceu e a colocaram nos meus braços... foi estranho porque, por algum motivo, eu estava tão convencida de que você seria igual ao seu pai... Estava certa de que daria de cara com o rosto dele e que isso seria um sinal dos céus.

A respiração de Hyacinth falhou e ela se perguntou por que a mãe nunca havia lhe contado aquela história. E por que ela nunca havia pedido para que contasse sobre seu nascimento.

— Mas não foi assim — prosseguiu Violet. — Você nasceu se parecendo um bocado comigo. E, então, minha nossa, eu me lembro como se fosse ontem... Você olhou nos meus olhos e piscou. Duas vezes.

— Duas vezes? — repetiu Hyacinth, querendo saber por que aquilo era tão importante.

— Duas vezes. — Violet a encarou, curvando os lábios num sorrisinho engraçado. — Eu só me lembro disso porque a sua expressão foi tão *decidida*! Foi muito esquisito. Você me olhou como se dissesse "Eu sei exatamente o que estou fazendo".

Uma pequena lufada de ar escapou dos lábios de Hyacinth e ela se deu conta de que era uma risada. Uma pequena risada, do tipo que pega de surpresa.

— E, então, você deixou escapar um *lamento* — contou Violet, balançando a cabeça. — Meu Deus, achei que você fosse quebrar o vidro das janelas. E eu sorri. Foi a primeira vez, desde a morte do seu pai, que eu sorri.

Violet respirou fundo, então pegou o chá. Hyacinth observou a mãe se recompor, querendo, desesperadamente, lhe pedir que continuasse. Mas, de alguma forma, sabia que o momento pedia silêncio.

Por um minuto inteiro, Hyacinth esperou. Por fim, a mãe disse baixinho:

— Desse momento em diante, você se tornou muito querida para mim. Eu amo todos os meus filhos, mas você... — Ela ergueu a vista e olhou nos olhos de Hyacinth. — Você me salvou.

— Eu estava tão triste... Nem posso expressar quanto estava triste. Existe um tipo de tristeza que consome a gente. Que nos puxa para baixo. E a gente não consegue... — Violet se deteve e os lábios tremeram, os cantos se franzindo enquanto ela engolia em seco, tentando não chorar. — Bem, não consegue fazer nada. Não dá para explicar; só sentindo mesmo.

— *Meus filhos nunca me decepcionam. Eles só... me surpreendem.*

Para sir Phillip, com amor

O CONDE ENFEITIÇADO

— Por que você nunca se casou de novo?

Violet entreabriu os lábios e, para grande surpresa de Francesca, os olhos da mãe brilharam.

— Sabe que esta é a primeira vez que um de vocês me faz essa pergunta?

— Não é possível — retrucou Francesca. — Tem certeza?

Violet assentiu.

— Nenhum dos meus filhos jamais me perguntou isso. Eu teria me lembrado.

— Sim, é claro que teria — apressou-se Francesca em dizer.

Mas tudo aquilo era tão... estranho... E impensado, na verdade. Por que será que ninguém nunca tinha feito aquela pergunta a Violet? Do ponto de vista de Francesca, era a mais urgente de todas as perguntas imagináveis. E, mesmo que nenhum de seus irmãos tivesse levantado a questão apenas por curiosidade, será que não se davam conta de quão importante era para Violet?

Será que não desejavam *conhecer* a mãe? Conhecê-la *de verdade*?

PARA SIR PHILLIP, COM AMOR

Violet nunca precisara de nada, e sua verdadeira riqueza residia em sua sabedoria e seu amor, e Eloise percebia agora, enquanto via a mãe virar de novo em direção à porta, que ela era mais do que só sua progenitora... ela era tudo o que Eloise desejava ser.

E Eloise não podia acreditar que levara tanto tempo para perceber isso.

A CAMINHO DO ALTAR

Violet fez uma expressão de enfado.

— Não canso de me admirar por vocês dois terem conseguido chegar à idade adulta.

— A senhora temia que pudéssemos nos matar antes? — brincou Gregory.

— Não, que eu mesma fosse fazer isso.

OS SEGREDOS DE COLIN BRIDGERTON

— Eu sei, eu sei — disse Hyacinth, sem o menor sinal de arrependimento. — Devo agir mais como uma dama.

— Se sabe, por que não o faz? — queixou-se Violet.

PARA SIR PHILLIP, COM AMOR

— O que você disse às crianças? — perguntou Phillip.

— Não sei — respondeu Eloise, com sinceridade. — Só tentei agir como a minha mãe. — Ela deu de ombros. — Pareceu funcionar.

O DUQUE E EU

Mas Hyacinth, que aos 10 anos não devia saber nada sobre beijos, ficou com uma expressão pensativa e depois disse:

— Acho que foi ótimo. Se eles estão rindo agora, provavelmente vão rir para sempre. — Virou-se para a mãe. — Isso não é bom?

Violet pegou a mão da filha caçula e a apertou.

— O riso é sempre uma coisa boa, Hyacinth. E obrigada por nos lembrar disso.

VIOLET, DE ACORDO COM SUA FAMÍLIA...

– É a maldição da maternidade. A senhora precisa nos
amar mesmo quando nós a irritamos.

DAPHNE, *O duque e eu*

Esqueçam Joana D'Arc. Nem praga, peste ou amante
pérfido desviariam Violet de Mayfair do objetivo de ver os
oito filhos casados e felizes.

Um beijo inesquecível

*... eu não lhe digo isso sempre, minha querida mãe,
mas sou muito grata por ser sua filha. É raro um pai
ou uma mãe que ofereça ao filho tanta liberdade e
compreensão. E mais raro ainda que trate a filha como
amiga. Eu a amo muito, mamãe querida.*

– DE ELOISE BRIDGERTON PARA SUA MÃE,
QUANDO RECUSOU O SEXTO PEDIDO DE CASAMENTO

Para sir Phillip, com amor

13

• LADY DANBURY •

O assunto da coluna de hoje é – veja você – o gato de lady Danbury.

Com certeza todos já ouviram falar do abominável felino e da devoção cega da condessa viúva à criatura que já foi descrita como "terrível", "tirânica" ou até mesmo "mais vale atravessar a rua".

(Ao escrever isto, ocorre a esta autora que essas frases talvez também pudessem ser aplicadas à própria lady Danbury.)

No entanto, parece que a criatura teve um mal-estar recentemente. Esta autora soube de fonte segura que lady Danbury pediu desculpas por não comparecer ao chá da tarde dos Hastings, e informou à antiga Srta. Bridgerton (antes D de Daphne e hoje D de duquesa) que o gato precisava de seus cuidados.

A marquesa de Riverdale (E de Elizabeth, agora talvez E de embaraçada) se encolheu visivelmente à menção do felino, virando de um lado para o outro a cabeça emoldurada por cachos loiros belamente penteados, enquanto deixava escapar alto uma pergunta temerosa: "Onde?"

Lady Danbury voltou a seus usuais afazeres dias depois, garantindo a todos dispostos a ouvir – e, para sermos honestos, quem tinha escolha? – que seu companheiro peludo (F de felino, provavelmente também F de famigerado) já recuperara o vigor e a saúde de sempre.

CRÔNICAS DA SOCIEDADE DE LADY WHISTLEDOWN, 1816

UM BEIJO INESQUECÍVEL

Lição Número Um ao lidar com lady Danbury: nunca demonstre fragilidade.

Lição Número Dois: quando em dúvida, veja a Lição Número Um.

O DUQUE E EU

Lady Danbury ergueu as sobrancelhas e, quando chegou a menos de 1,5 metro de distância do grupo dos Bridgertons, parou e gritou:

— Não finjam que não estão me vendo!

Esta autora estaria sendo negligente se não mencionasse que o momento mais comentado da festa de aniversário de ontem à noite, na Casa Bridgerton, não foi o estimulante brinde a lady Bridgerton (cuja idade não haverá de ser revelada), mas a impertinente oferta de lady Danbury de mil libras para quem desmascarar...

A mim.

Façam o seu melhor, senhoras e senhores da alta sociedade. Vocês não têm a menor chance de solucionar este mistério.

CRÔNICAS DA SOCIEDADE
DE LADY WHISTLEDOWN,
12 DE ABRIL DE 1824

UM BEIJO INESQUECÍVEL

— Não tenho a menor paciência para a moda atual do *ennui* — continuou lady Danbury, batendo a bengala no chão. — Rá. Quando foi que se tornou crime demonstrar interesse pelas coisas?

O VISCONDE QUE ME AMAVA

— O mundo seria um lugar muito melhor se as pessoas simplesmente me ouvissem antes de se casar — acrescentou. — Eu poderia encontrar os pares de todos os que querem se casar em uma semana.

O DUQUE E EU

— Eu o cortaria pela raiz se fosse você, Srta. Bridgerton.

— A senhora contou ao Sr. Berbrooke onde eu estava?

A boca da senhora se abriu num sorriso maroto e conspiratório.

— Eu sempre soube que gostava de você. E não, eu não contei onde você estava.

— Obrigada — falou Daphne.

— Seria um desperdício uma menina inteligente como você se prender àquele tonto — afirmou lady Danbury. — E Deus sabe que a sociedade não pode se dar ao luxo de desperdiçar as garotas inteligentes que tem.

UM BEIJO INESQUECÍVEL

Lady Danbury virou-se outra vez para Hyacinth, o rosto se contraindo naquilo que poderia ser considerado um sorriso.

— Sempre gostei de você, Hyacinth Bridgerton.

— Eu também sempre gostei da senhora.

— Imagino que seja porque vai ler para mim de vez em quando.

— Toda semana — lembrou-lhe Hyacinth.

— De vez em quando, toda semana... pfft. — A mão de lady Danbury cortou o ar com um aceno desdenhoso. — É tudo a mesma coisa quando não se faz um esforço diário.

OS SEGREDOS DE COLIN BRIDGERTON

— Lady Danbury! — chamou Penelope, correndo para o lado da velha senhora. — Que prazer em vê-la.

— Ninguém jamais acha que é um prazer me ver — retrucou ela de forma brusca —, a não ser, talvez, o meu sobrinho, e metade das vezes não estou bem certa disso. Mas obrigada por mentir.

— *Meu objetivo de vida* — anunciou lady Danbury — *é ser uma ameaça para o maior número de pessoas possível.*

UM BEIJO INESQUECÍVEL

O CONDE ENFEITIÇADO

— Lady Danbury — cumprimentou Francesca —, muito prazer em vê-la. Está se divertindo?

Lady D. bateu com a bengala no chão sem nenhum motivo aparente.

— Eu me divertiria bem mais se alguém me contasse quantos anos a sua mãe tem.

— Eu não ousaria.

— Pfff. Qual é o problema? Até parece que ela é tão velha quanto eu.

— E quantos anos a senhora tem? — perguntou Francesca, com a voz doce e um sorriso zombeteiro.

O rosto enrugado de lady D. se abriu num sorriso.

— He, he, he, muito esperta. Não pense que vou lhe contar.

— Então com certeza entende por que devo exercer a mesma lealdade para com minha mãe.

— Humpf — resmungou a velha senhora, batendo a bengala no chão para dar ênfase. — Qual o objetivo de uma festa de aniversário se ninguém sabe o que se está comemorando?

OS SEGREDOS DE COLIN BRIDGERTON

— Lady Danbury, que prazer em vê-la.

— He, he, he. — O rosto de lady Danbury ficou quase jovem devido à força de seu sorriso. — É sempre um prazer me ver, não importa o que as outras pessoas digam.

O VISCONDE QUE ME AMAVA

— Bridgerton! Bridgerton! Pare agora mesmo! Estou falando com você!

Anthony deu meia-volta resmungando. Lady Danbury, o dragão da alta sociedade. Não havia meio de ignorá-la. Ele não fazia ideia de quantos anos ela tinha. Sessenta? Setenta? Não importava a idade, ela era uma força da natureza e *ninguém* a ignorava.

— Lady Danbury — falou, tentando não parecer resignado ao controlar seu cavalo —, que bom vê-la.

— *Alguma coisa importante
está sempre prestes a acontecer,
minha querida menina. E, se
não estiver, é uma boa ideia agir
como se estivesse. Dessa forma,
você aproveitará melhor a vida —
disse lady Danbury.*

UM BEIJO INESQUECÍVEL

OS SEGREDOS DE COLIN BRIDGERTON

— Srta. Featherington! — disse lady Danbury, batendo com a bengala a dois centímetros do pé de Penelope assim que a alcançou. — Não você — falou para Felicity, embora a garota não tivesse feito nada além de sorrir educadamente à aproximação da condessa. — Você! — exclamou, dirigindo-se a Penelope.

— Errr... Boa noite, lady Danbury — cumprimentou Penelope, o que considerou um admirável número de palavras, tendo em vista as circunstâncias.

— Passei a noite toda à sua procura — anunciou a velha senhora.

Penelope achou aquilo um tanto surpreendente.

— É mesmo?

— Sim, quero conversar com você sobre a última coluna da tal lady Whistledown.

— Comigo?

— Sim, com você — resmungou lady Danbury. — Não me importaria de conversar com outra pessoa se você me fizesse o favor de encontrar alguém com mais do que meio cérebro.

UM BEIJO INESQUECÍVEL

— Muito bem, então – disse lady Danbury, soando muitíssimo mal-humorada. – Não direi mais uma palavra sequer.

— Nunca mais?

— Até.

— Até quando? – indagou Hyacinth, desconfiada.

— Não sei – respondeu lady D., num tom ainda irritado.

OS SEGREDOS DE COLIN BRIDGERTON

— Esta é a melhor coisa que eu já vi! – exclamou Eloise, num sussurro alegre. – Talvez eu seja, no fundo, uma pessoa ruim, porque nunca me senti tão feliz diante da ruína de alguém.

— Bobagem! – retrucou lady Danbury. – Eu *sei* que não sou uma pessoa ruim e achei isto delicioso.

UM BEIJO INESQUECÍVEL

— Você está parecendo lady Danbury.

— Eu gosto de lady Danbury.

— Eu também gosto dela, mas isso não significa que a queira como filha...

❊

— A paciência não é uma virtude?

— De forma alguma – disse lady Danbury, enfática. — Se você pensa assim, é menos mulher do que eu imaginava.

❊

— Quando eu morrer — começou Gareth —, meu epitáfio certamente dirá: "Ele amou a avó quando ninguém a amou."

— E o que há de errado nisso? — indagou lady Danbury.

❊

— Hyacinth — disse ele.

Ela o encarou, na expectativa.

— Hyacinth — repetiu Gareth, dessa vez com um pouco mais de firmeza. Ele sorriu, com um olhar de derreter corações. — Hyacinth.

— Sabemos o nome dela – interveio a avó.

Gareth a ignorou e empurrou uma das mesas para o lado a fim de poder se abaixar sobre um dos joelhos.

— Hyacinth – disse ele, deleitando-se com o arquejo dela quando lhe tomou a mão –, você me daria a imensa honra de se tornar minha esposa?

Os olhos dela se arregalaram, então ficaram marejados. Os lábios, que ele estivera beijando tão deliciosamente havia poucas horas, começaram a tremer.

— Eu... Eu...

Não era normal vê-la sem palavras, e ele saboreou o momento, em especial as emoções que surgiam no seu rosto.

— Eu... Eu...

— Sim! – gritou a avó. – Sim! Ela se casará com você!

— Ela pode falar por conta própria – declarou Gareth.

— Não, não pode. Está claro que não.

— A senhora vai ser minha avó – falou ela, se abaixando e lhe dando um beijo na face. Jamais fizera um gesto de tanta intimidade, mas, de alguma forma, agora lhe parecia certo.

— Sua criança tola – disse lady Danbury, secando os olhos enquanto Hyacinth se encaminhava para a porta. – No meu coração, sou sua avó há anos. Só estava esperando que se tornasse oficial.

SÉRIE OS BRIDGERTONS

O duque e eu

O visconde que me amava

Um perfeito cavalheiro

Os segredos de Colin Bridgerton

Para sir Phillip, com amor

O conde enfeitiçado

Um beijo inesquecível

A caminho do altar

E viveram felizes para sempre

Para saber mais sobre os títulos e autores da Editora Arqueiro,
visite o nosso site e siga as nossas redes sociais.
Além de informações sobre os próximos lançamentos,
você terá acesso a conteúdos exclusivos
e poderá participar de promoções e sorteios.

editoraarqueiro.com.br